身勝手な
MIGATTENA KUCHIDUKE
くちづけ
「やっ、ぁ……っぁ……!」
執拗に攻めると、
細い声が救いを求めるようにして上がる。

身勝手なくちづけ

きたざわ尋子

12330

角川ルビー文庫

目次

イラスト／佐々《さっさ》　成美《なるみ》

1

突然《とつぜん》の知らせを受けたとき、佐竹郁海《さたけいくみ》は中学一年生だった。

夏休みが明けたばかりで、まだ残暑も酷《きび》しくて、一人留守番していた家の中まで、セミの声がうるさく聞こえていた。

その声に、電話の無機質な音が重なった
いつもならば、ためらいもなく取るはずのそれを、郁海はしばらくの間じっと見つめていた。予感といってもよかったのかもしれない。

それを取ったら、何かとても嫌《いや》なことがあるんじゃないかという、ひどく漠然《ばくぜん》とした気持ちだった。

一度、音が鳴りやんだ。

ほっとして、二度と鳴りませんようにと思いながら電話から目を離《はな》そうとすると、それを許すまいとするように再び音が鳴り出した。

観念して、それでも十分に躊躇《ちゅうちょ》しながら受話器を取った。

「はい……佐竹です」

緊張《きんちょう》した声は、もしかしたら怯《おび》えているように聞こえたかもしれない。見知らぬ女性の声が、何とか警察だと静かに告げた。それから両親の名前を続けて口にして、そちらで間違《まちが》いはありませんか、と言った。

「そうですけど……」

虫の知らせ、というのは本当にあったらしい。

自分の立っているその場所が、足元から崩《くず》れていくような錯覚《さっかく》。

こぼれて来る声は、途中《とちゅう》からひどく聞こえづらくなった。

セミの声すら、やけに遠い。

キン、と不快な耳鳴りがしていた。

車で出かけて行った両親は、雨の高速道路でハンドル操作を誤って、大きな事故を起こしてしまったという。

単独事故だった。

スピードの出しすぎだったと誰《だれ》かが言っていた気がする。

よくは覚えていなかった。原因が何であろうと、優《やさ》しかった両親が二度と帰ってこないことに変わりはない。

母親の妹――つまり叔母《おば》と一緒《いっしょ》に、冷たくなった二人と対面した。

そのときに泣いて以来、郁海は一度も涙《なみだ》を流してはいなかった。

葬儀《そうぎ》は叔母を始めとする親戚《しんせき》たちが、近所の人たちと一緒にすべてやってくれた。郁海がしたことは、二人の側《そば》に座っていることくらいだった。

ぼんやりとしたまま、郁海は中学の制服を着て、数珠《じゅず》を握《にぎ》らされた。

青白い顔をして、ずっと俯《うつむ》いたまま動かない郁海を、周囲の人間たちは痛ましげに見守っていた。

長いまつげが影《かげ》を落とす瞳《ひとみ》は、どこか遠くに焦点《しょうてん》が結ばれていて、弔問客《ちょうもんきゃく》に頭を下げるのももはや無意識に近かった。

弔問に現れたのは、学校の担任やクラスメイト、父親の仕事関係者に知人と様々だった。郁海の知っている人も知らない人もいた。

いろいろと声をかけられたのだが、葬儀の間のことはあまり覚えていなかった。

だからこれから来る客が弔問客の中にいたなんてことも、郁海は覚えていない。

両親を荼毘《だび》にふし、納骨を済ませた翌日に彼らはやって来た。

真夏みたいにひどく暑い日だった。

「郁海にお客さんだから。大事な話があるんですって」

あらかじめそう聞かされていた。

郁海のために残っていた身重の叔母とその夫は妙《みょう》に落ち着かず、それを見て郁海も同じような気分になった。

来客の一人は見知った顔だった。

父親の友人で、神保《じんぼ》という名の弁護士だ。ときどき家にやって来て、郁海に会うと、大きくなったねと笑う温厚《おんこう》そうな人物だった。

そしてもう一人は知らない男。

まだ若く、おそらくは二十代の後半であり、涼《すず》しげで整った顔が印象的だった。

居間に座って、叔母がお茶を出し終える。一通りの挨拶《あいさつ》を済ませていた神保は、そのタイミングを待っていたように口を開いた。

「ご両親を亡《な》くしたばかりの君に、こんな話をするのはどうかと思うんだが……」

そう前置きしてから、すっと一通の手紙を卓《たく》の上に差し出した。

郁海は問うように視線を上げた。

「遺書だよ」

「え……?」

「ああ、何も昨日今日で書いたものじゃないんだ。以前から、何かあったときのために、君に宛《あ》てて書いてあったものだよ。万が一、二人揃《そろ》って亡くなるようなことがあった場合の手紙なんだ」

やんわりと言われて、郁海は再び視線を戻《もど》した。

確かに亡くなった父親の字だ。癖《くせ》が強いから、すぐにそれとわかる。

二人揃っての場合だと神保は言った。ならば、そうでないときの場合も考えて、他《ほか》にも手紙が用意されていたのかもしれない。

「……読んで、いいですか……？」

「どうぞ。それは君が読むべきものだよ」

小さく頷《うなず》いて、郁海は封《ふう》を切った。

予想していたのは、未来の郁海へ宛てた詩的な文章だった。父親はそんな質《たち》ではなかったが、たとえば一人でも力強く生きて行きなさいとか、叔母さんたちに助けてもらって立派な大人になりなさいとか、そういった文面を思い描《えが》いていた。

けれど、そう長くはない手紙に記されていたのは、そんなことではなかった。

「何……これ……」

目が何度も同じところを繰《く》り返してしまう。

養子だの実の父親だの、にわかには理解できない単語が次から次へと出てきた。

見慣れた父親の字は、淡々《たんたん》と信じられないことを告白している。だが郁海の問いかけには永遠に答えてくれない。

頭の中でハレーションが起きていた。

「そこにも書いてある通り、君は佐竹夫妻の子供じゃない」

神保の声に、郁海は顔を上げた。

現実感が乏《とぼ》しくて、かえって頭の中は冷静だった。両親がいっぺんに亡くなったという事実の前では、養子だなんて告白は些細《ささい》なものに思えた。

睨《にら》むようになってしまったのは、あまりにも神保の声が穏《おだ》やかだからだ。郁海が少なからずショックを受けているのに、それを高みから見下ろされているような気がして仕方ない。

いっそ淡々としてくれれば良かったのに、神保の顔にはあからさまな同情が浮《う》かんでいた。

本当ならば、感情をぶつけるべき相手は両親だった。けれども彼らはもういない。代わりに睨むくらい、許されるだろう。

痛ましげな顔をした神保の隣《となり》には、無表情の男が座っている。

そこからは一切の感情が見えなかった。

彼は仕方なくこの場にいるだけで、本当は早く帰りたいとでも思っているのかもしれない。あるいは、亡くしたばかりの両親が実の親じゃないと知らされた子供を、物珍《ものめずら》しげに観察しているのかもしれない。

どちらも有り得そうだった。

睨み付けていると、男が笑った気がした。

それがやけにカチンときた。意図はわからないのだが、郁海には小バカにされているように感じられたからだ。

　ぷいと顔を背《そむ》け、黙《だん》りを決め込んだ。

　耳に困ったような神保の声が聞こえてきた。

「最後まで読んだかい？」

「……いいえ」

　とてもそんな気持ちにはなれなかった。

　神保は郁海の気持ちを察したのか、手紙の内容を口頭で説明することにしたようだった。あるいは早く済ませてしまいたかっただけかもしれない。

「手紙にはね、君のお父さんの名前が書いてある」

「……は？」

　のろのろと郁海は顔を上げた。

「本当のお父さんだ。残念ながら、お母さんは亡くなってしまっているんだが、君には生きている実の父親がいる」

　事実を告げられても、感情はほとんど動かなかった。

　会ったこともない父親は、名前さえまだ知らない。

　どんな事情であれ、郁海という子供を手放して人にやってしまった男に、感慨《かんがい》など湧《わ》くはずもなかった。

「君を引き取りたいと、おっしゃっているんだ」

「……そうですか」

自分でも驚《おどろ》くほど平坦《へいたん》な声が出た。

隣に座る叔母夫婦の顔は見えないが、何か言う気配はなかった。郁海が実父に引き取られることについて了承《りょうしょう》しているということだった。

当然のことながら彼らは郁海が養子であることを知っていたはずだ。だから両親の死後は引き取られると聞かされていたのかもしれないし、自分たちが面倒《めんどう》を見なくて済んだと安心しているのかもしれない。

ひねくれた考えだという自覚はあった。

少し神経が尖《とが》っているのかもしれない。周り中が自分にとって味方じゃないような、そんな感覚が離《はな》れてくれなかった。

十二歳の郁海には、たぶん決定権などない。

だから返事はしなかった。

ガラス一枚隔《へだ》てた向こうで、いつまでもセミがうるさく鳴いていた。

2

暗証キーで入るエントランスを抜《ぬ》けて、いつものようにエレベーターのボタンを押す。

この三年以上もの間、郁海はずっとこうして自分の住処《すみか》へと帰っていた。無意識にできるくらい、身体《からだ》が覚えたことだった。

上昇《じょうしょう》感に身を任せ、やがて箱の中から通路へ出た。

このフロアには、四つの住居があるのだが、郁海はこの三年の間、ろくに住民に会ったことがない。

鍵《かぎ》を取りだして、ロックを外した。

玄関《げんかん》に名前は記していないが、強《し》いて入れるとすれば、そこには〈佐竹郁海〉と入るはずだ。名義が誰《だれ》のものかは知らないが、ここに住んでいるのは郁海だけなのだし、そうするのが妥《だ》当《とう》だろう。

「ただいま……」

誰もいないのは承知だった。

しんとした部屋の中に、スリッパで歩く郁海の足音だけが響《ひび》く。

間取りは二LDKで、すべてのものにゆとりというものがあり、二つある部屋もリビングも何もかもが広い。

迷惑《めいわく》な話だった。

高校生の一人暮らしに、こんなマンションは意味がない。

二つの部屋は、一つが寝室《しんしつ》で一つが勉強部屋というように家具が配置されていたのだが、郁海はそれを一部屋に纏《まと》めてしまった。

以来、空いた部屋にはほとんど入ったことがない。

広いマンションは嫌《きら》いだった。

郁海は寝室兼《けん》勉強部屋に入ると、制服のブレザーをベッドの上に放《ほう》りだした。

今日は月末だから、夜には電話がかかってくるはずだ。

郁海の実父だとかいう男は、月に一度、終わりの日に電話をかけてくる。例外もたまにはあったが、大抵《たいてい》は決まりごとのように最後の日だった。

いかにも義務だと言わんばかりに。

「何が、『引き取る』だよ」

ネクタイを外して、同じように放る。それからシャツが皺《しわ》になるのも構わず、ベッドに仰向《あおむ》けになって倒《たお》れ込んだ。

天井《てんじょう》を睨んでも、そこに顔を浮かべることはできなかった。

実父の顔を知らないからだ。

引き取ると言っておきながら、一度も会おうとしない男だった。しかもお義理で月に一度電話を寄越《よこ》すだけだ。

そうしておいて、このマンションに郁海を一人押し込め、金だけ出して育てているような気になっているのだ。

田中弘《ひろし》。それが実父の名前だった。

歳は今年で五十三。すると郁海は四十近くなっての子供というわけだ。

仕事は知らないが、かなりの金持ちらしい。でなければ、こんなマンションをぽんと与《あた》え、人まで雇《やと》っておけるはずがない。

もちろんそれは、三年間のうちに知ったことだった。

連れてこられた頃《ころ》は東京の地理なんてわからなかったし、地価なんてものもまったく知らなかった。

けれど、今はわかる。赤坂《あかさか》の駅から歩いて三分程度の、しかも窓から東京タワーが見える新築マンションが安いはずがないし、専有面積も広くて造りがいちいち凝《こ》っている。各種の設備なども考えたら、頭に高級がつくことは間違《まちが》いなかった。

何者なのか知りたくて、ときどき現れる〈お目付役〉に尋《たず》ねてみたことがあるが、固く口を噤《つぐ》んで教えてはくれなかった。ならばと調べてみたのだが、田中弘なんていうのはどこにでも転がっている名前で、とうてい割り出せなかった。

そもそも本名かどうかもわかったものじゃない。実父には、郁海が会いに来ては困るような事情がありそうだ。

あれから三年。

郁海の身長はいくらか伸《の》びて、顔立ちも少しは大人っぽくなった。それでも同級生の中にあっては童顔のほうだし、身長も低めで、よく中学生だと思われてしまう。

痩《や》せた腕《うで》を天井に向かって伸ばせば、当時より少し長くなったことがわかる。

身体が細いのはもともとで、何も一人暮らしの影響《えいきょう》じゃない。食事はちゃんと取っている。

亡《な》くなった養母の味を思い出しながら、自分でそれを作り出して。

白い小さな顔に、伸ばした腕が影《かげ》を落とした。

少女めいたこの顔は、確かに養父母のどちらにも似ていない。それは事実を知るずっと前から思っていたことだった。

似ていないね、と言えば、そのたびに彼らは、亡くなったお祖母《ばあ》ちゃんに似ているのだと説明した。

あの頃はそれを疑ってもみなかった。

さらさらで柔《やわ》らかな髪《かみ》は、お母さんと一緒《いっしょ》よ、なんて言葉も真に受けて。

郁海はぱたりと音を立てて腕をシーツに落とす。

ぼんやりしていると、インターホンが鳴った。

「……来た」

舌打ちの代わりに、うんざりと呟《つぶや》いた。

鬱陶《うっとう》しいことに、週に何度かここには訪問者がある。暗証キーも知っているし、玄関のキーだって持っているのに、わざわざああやってインターホンを鳴らして郁海が開けるのを待っているのだ。

判で押したように、全員そうだった。

部屋を出て、インターホンに応《こた》えるべくボタンを押した。モニターには見たくもない顔が映っていた。

「はい……？」

不機嫌《ふきげん》をあらわにして応えると、ややあって機械越しに声が聞こえた。

『あ、柴崎《しばざき》です。どうも』

明るい口調と作った笑顔《えがお》が鼻につく。どこか媚《こ》びているような、無理をしてへりくだっているような彼の態度は、初対面のときから癇《かん》に障《さわ》っていた。

十五の子供に対して自分が低姿勢でいなくてはいけない不満が、隠《かく》しているつもりでも笑顔の裏に見えるのだ。仕事だから仕方がないと思いつつ、頭の中で郁海に悪態をついて殴《なぐ》っているような、そんな気がする。

「……どうぞ」

そろそろ郁海も限界だ。

週に一度か二度、予告付きで様子を見に来るのは、実父が遣《つか》わす〈お目付役〉だ。定期的に現れては、身体の調子はどうか、何か欲しい物はないかなど、まるでチェックシートで確認するように同じことを聞いて帰っていく。

どうせいつも同じなのだから、いっそファックスやメールでやってもいいんじゃないかと思うのだが、そう進言しても事態は何も変化しなかった。

実父は相変わらず、他人に郁海の言葉を聞くようにと指示をし続けている。

今の柴崎で、七人目だ。

（近いうちに八人目かな……）

今日かかってくる予定の電話で替《か》えろと言えば、そうなることだろう。

郁海の存在を隠したがっている実父にとって、関《かか》わらせる人間が増えていくのは本来ならば歓迎《かんげい》できないことに違いない。

承知で無理を言う郁海は、自分のそんな子供っぽさを自覚していながら、ずっと目を瞑《つぶ》り続けていた。

もっとも今回の柴崎に関しては、郁海の中で正当な理由がある。

どうにも不快なのだから仕方がない。それに向こうだって早くこの役目から解放されたいのだろうから、彼のためでもあるのだ。

今までのように、郁海が一方的に無茶《むちゃ》を言って追い出していたのとは違う。

そう言い聞かせながら、郁海は私服に着替えるために部屋に戻《もど》った。

都内を当てもなく走る彼女専用のリムジンの中で、鮮《あざ》やかな赤い指先は携帯《けいたい》電話を摘《つま》むようにして持っている。

運転席との間の仕切くらいでは声を遮断《しゃだん》することはできまいが、運転手の口に関しては信用を置いていた。

「自分が生きている間に認知するとは思えないわ。あの人の性格からしたら、絶対にそうよ。現に引き取ってから三年も隠しているじゃない」

電話を持っていないほうの指先を目の前にかざしながら、彼女は言った。

細く長いその指や爪《つめ》は、家事というものからは最も縁遠《えんどお》いところにあり、常に手入れが行き届いていた。

「遺言状でも認知はできるんでしょ？　それをやるのよ、きっと。自分は非難を浴びずに済むものね。あの人らしいわ。ええ……そう。だから、早いうちに何とかしてちょうだい。その子供のことは、絶対に表沙汰《おもてざた》にしないで」

指先を見つめていた彼女は、ぴくりと眉《まゆ》を動かして、指先を少し自分のほうへと近づけた。

薬指の爪が少し欠け、マニキュアも少し剝《は》がれてしまっている。それがたまらなく不愉快《ふゆかい》なことであるかのように顔をしかめ、神経質にあらゆる角度から問題の指先を見つめた。

「私の立場はどうなるのよ。好きでもない男と結婚《けっこん》させられて、子供ができないことでいろいろ言われて、挙げ句に外に子供ですって。冗談《じょうだん》じゃないわ。こっそり引き取ってマンションまで与えてるなんて……。そうよ、知ったからには捨てておけないでしょ。いつ人に知られるかって、びくびくしながら暮らすのは真っ平よ。だから頼《たの》んでいるんじゃない。あなただったら何とかできるわよね？」

彼女は目の前にいない相手に向かって婉然《えんぜん》と微笑《ほほえ》んだ。否定を許さない、命じ慣れた人間から発せられる微笑みだった。

拒絶《きょぜつ》が返ってくる可能性などは、微塵《みじん》も考えてはいないのだ。

「方法は任せるわ。でも、あまり物騒《ぶっそう》なことはしないで。寝覚《ねざ》めが悪いのは嫌《いや》なのよ。別にその子を不幸にしたいわけじゃないわ。私はただ、その子のことが人に知られなければいいだけなのよ」

任せると言いながら、難しい注文を付けていることへの矛盾《むじゅん》は気にしていなかった。彼女にとって大事なのは、自分の要求と結果だけだった。

「頼《たよ》りにしているのよ。ねぇ？　だから、頼むわね」

猫《ねこ》なで声で、一方的に話を打ち切る。電話の向こうで嘆息《たんそく》が聞こえたことも、彼女には了《りょう》承《しよう》の合図にしか聞こえていなかった。

携帯電話をバッグに戻した彼女は、運転手に声をかけて、当てのない走行を目的のあるそれへと変えさせた。

爪を何とかしなくてはいけない。

彼女の関心はすでにそこへのみ向けられていた。


だらだらと時間が過ぎていく。

中間考査が終わったばかりで、友達は皆浮《みなう》かれていたけれども、郁海はそんな気持ちにもなれなくて、遊びの誘《さそ》いはすべて断った。

別に試験のデキが悪いわけじゃない。

郁海は学年でもトップクラスで、五番より下に落ちたことがない。とはいえ、学校は進学校というわけでもないので、世間のレベルで見ればまぁまぁといったところだ。

帰りに本屋で買った、高校受験の案内本を捲《めく》りながら、何度目かの溜《た》め息《いき》をつく。

今の学校は嫌《きら》いじゃないが、このままのんびりと高校生活を送り、エスカレーターで大学へと進んでしまうのは不安だ。将来のことを考えるならば、今からでも受験に力を入れそうな高校へ転校したほうがいい。

だいたい今のままでは、実父の敷《し》いたレールを進むことになってしまう。ましてそのレールの先には何の約束もないのだ。

実父は郁海を息子《むすこ》だと公表する気がないという。少なくとも、彼が生きている間はそうだ。神保が話してくれた事情によれば、郁海は愛人に産ませた子供なのだという。そして実父の田中弘は婿《むこ》養子なのだそうだ。そのせいかどうかは知らないが、郁海の存在が妻や姑《しゅうとめ》に知られることをひどく恐《おそ》れているという。舅《しゅうと》は三年前に亡くなったので、会社の実権は弘が握《にぎ》っているそうなのだが、それとこれとはまた話が別ということらしい。

ふざけた話だ。

外で作った子供を他人に押しつけて、それが亡くなってもなお、自分の家庭とは別のところに高校生を一人で放《ほう》っておく。

責任感があるんだかないんだか、よくわからなかった。

一つだけ言えることは、愛情はとても薄《うす》いだろうということだった。

何しろ、会ったこともないのだから。

「会おうとしないのは、あっちだけどさ……」

郁海のほうからは会えやしない。居場所も知らない父親は、会ったこともない息子より自分の立場が大切なのだ。

思えばその存在を知ったときから反発心はあったけれど、今ほどではなかった。最初のショックから抜《ぬ》けた後、養父母への愛情とは別の形で実父という存在にそれなりの情を向けようとしていたのに、十二歳のささやかな期待感はものの見事に打ち砕《くだ》かれた。

両親だと信じて疑わなかった二人を亡くした子供に、手を差し伸《の》べてくれる大人はいなかった。

叔母《おば》夫婦や親戚《しんせき》はもちろん郁海を労《いたわ》ってくれたけれど、彼らからは引き離《はな》されてしまって、隠《かく》すようにこんな部屋に押し込められた。

郁海のことは、後見人となった神保が何もかもやっていて、表向きは実父と関わり合いがないことになっているのである。

当然、実父の仕事が何であろうと、郁海がそれに関わるようになるはずがない。跡継《あとつ》ぎだとか、相続だとかは無縁《むえん》に違《ちが》いないのだ。

だとすれば、自分の将来のためにはのうのうと今の学校にいてはいけない。

時期的なことも考えると、今日あたり言ったほうがいいだろう。

おそらく今日から新しい〈お目付役〉がやって来るはずだ。そいつが来たら、実父に電話をかけてもらって、編入のことを話そう。

本を閉じて、郁海は顔を上げた。

そろそろ夕食の支度《したく》をしないと、七時からのテレビに間に合わない。

スリッパを鳴らしてキッチンに入り、学校帰りに買ってきた食材を冷蔵庫から出した。

ここに連れて来られた当初、掃除《そうじ》や洗濯《せんたく》はハウスキーパーが週に三度来てやり、食事の支度も雇《やと》われた人間が毎日やりに来ていた。

だが郁海はそれらを鬱陶《うっとう》しいからと断って、以来自分で食事を作っている。小学生のときから養母に食事の支度を手伝わされていたから、ゼロから始めたというわけでもなく、今では特に不自由を感じなかった。

他《ほか》の家事についてもそうだ。小さな頃《ころ》から、当たり前のように郁海は掃除や洗濯を手伝わされてきた。

まるで、このときが来るのを養父母は予想していたかのようだった。

本当のところは、自分で何でもできるようにという教育だったのだろうけれど、有り難いことにそれが今とても役立っている。

郁海が調理を始めようとした矢先に、玄関《げんかん》先で物音がした。

訝《いぶか》りながらキッチンから出て、ひょいと廊下《ろうか》を覗《のぞ》くと、開いたドアから人が入ってくるところだった。

思わずぎょっとしたが、どこかで見た顔だとすぐに気づいた。

「あ……っ」

三年前の、あのときだ。

神保と一緒《いっしょ》に当時の家にやってきた男だった。結局名前は知らないままだが、父親か神保の関係者には違いない。

啞然《あぜん》としている間に、男は断りもなくリビングまでやって来た。

今までの〈お目付役〉に対し、勝手に入ってくればいいのに、とずっと思ってきたが、いざ勝手に入られると冗談じゃないと思ってしまう。

まして初めての訪問なのだ。

「こんばんは」

「……こんばんは。あなたが新しい〈お目付役〉ですか？」

「そう。会うのは二度目だけど、覚えているかな」

もちろんだ。たった三年前のことだし、この男の顔は記憶《きおく》の中に埋没《まいぼつ》してしまうような顔じゃない。

「はい。名前は、確か伺《うかが》ってないと思いますけど」

「ああ……そうだったかな。私は加賀見《かがみ》と言います。加賀見英志《えいし》」

そう名乗った男の恰好《かっこう》はどう考えても私服だった。ノーネクタイの白いシャツに、黒いレザーのジャケットだ。

今まで〈お目付役〉はスーツでここへ現れたから、この点でも彼は異質だった。

郁海はじろじろと、不躾《ぶしつけ》に加賀見を観察した。

整った、彫《ほ》りの深い顔立ちだ。だからといってくどさはまったくなく、綺麗《きれい》なラインで作られている。

涼《すず》やかな目元も高い鼻梁《びりよう》も、引き締《し》まった口元も、男らしくて完璧《かんぺき》に近いと思えるほどだが、難点はあまりにも冷たそうに見えることだ。

隙《すき》がないというのは、近づきがたい印象を醸《かも》し出すものらしい。

おまけに間近に立たれると首が疲《つか》れるくらいに背が高い。がっしりとした体格で、恰好はスーツというわけじゃないのに、どこか知的職業を感じさせる雰囲気《ふんいき》があった。

もっともそれは神保と一緒にいたという先入観のせいかもしれない。弁護士と一緒にいたのだから、加賀見もそうじゃないかと思ったのだ。

「あなたも弁護士？」

「一応」

「ふーん……。弁護士さんが、ガキのお守りさせられるなんて気の毒」

心にもないことを、それとわかるように告げた。

次から次へと〈お目付役〉を替えさせたから、とうとう実父も手駒《てごま》がなくなってしまって神保に頼《たの》んだのかもしれない。

そう思うとおかしかった。

同時に、あくまで自分が出てこようとしない実父に呆《あき》れかえった。

「田中さんに伝えてください。僕は別の高校に編入するつもりですけど、何か問題はあります

かって」

実父のことを姓《せい》で呼ぶのもいつものことだった。

父などと呼べるはずがない。向こうがあんな態度なのに、郁海だけが田中を父親呼ばわりするのは嫌《いや》だった。

加賀見は、おや……とでも言いたげに眉《まゆ》を上げた。

「今の学校に、何か不満でも？」

「強《し》いて言うなら学力レベルです」

「なるほど」

納得《なっとく》したように頷《うなず》いて、加賀見はオープンキッチンの様子に気がついたようだった。

それから浅く顎《あご》を引いた。

「自炊《じすい》しているというのは本当だったのか……」

感心したような呟《つぶや》きは、たぶん本心からだろう。おそらく話には聞いていても、信じてはいなかったのだ。コンビニ弁当やジャンクフードで済ませているのが関の山、とでも思っていたのかもしれない。

郁海はちらりと時計を見やった。

今すぐ帰ってくれないと、間に合わない。食事をしながらテレビが見たかったのだが、この分では料理をしながら、ということになりそうだ。

あるいはビデオをセットして、明日にでも見ようか……。

そんなどうでもいいことを考えていると、加賀見の携帯《けいたい》電話が鳴りだした。

着メロではなくて、何の変哲《へんてつ》もない呼び出し音だった。

「失礼。はい、加賀見ですが」

とりあえず郁海に断ってから電話に出た男を放《ほう》っておいて、郁海は再びキッチンの中へと入っていく。

ぼんやりと人が電話しているところを眺《なが》めている趣味《しゅみ》はなかった。

「は……？　どういうことですか？」

声のトーンが変わったので視線を向けると、加賀見は難しい顔をして、しきりに頷いたり、眉根《まゆね》を寄せたりしている。

何かトラブルでもあったようだ。

「……わかりました。では、すぐに」

それからパチンと二つ折りの携帯電話が閉じられる音がした。

どうやらすぐに帰ってくれるらしい。そう安堵《あんど》して見つめていると、こちらを見つめた加賀見が予想外のことを言い出した。

「緊急《きんきゅう》事態だ。郁海くん、今すぐここを離れてください」

「え……？」

とっさに意味が摑《つか》めなかった。

——今すぐ、ここを離れる。

加賀見は確かにそう言ったのだが、それが具体的なイメージとして郁海の中に入って来ないのだ。

唖然としていると、加賀見はキッチンに入ってきて、郁海の肩《かた》に手を置いた。

「詳《くわ》しい事情は後で話します。とにかく、一刻も早くここを離れなくてはいけない」

「ちょっ……ちょっと待ってください！　何ですかっ？」

「冗談《じょうだん》を言ってるわけじゃない。従ってもらえないようでしたら、無理にでも連れ出します。それくらいの事態だと思ってください」

怖《こわ》いほど真剣《しんけん》な目で見据《みす》えられて、郁海は固唾《かたず》を呑《の》んだ。肩に置かれた手からも、ただごとでないのは伝わって来ている。

これはきっと、従ったほうがいいことなのだ。

けれども、頭はすぐに稼働《かどう》してくれず、郁海はただ茫然《ぼうぜん》と加賀見の顔を見上げていることしかできなかった。

「郁海くん？」

「あ……はい……」

促《うなが》されるようにして、ぎこちなく頷く。

すると加賀見は郁海の肩を抱《だ》くようにしてキッチンを出て、そのまま玄関《げんかん》へ向かって歩きだした。

「あのっ、このままでいいんですかっ……？」

「荷造りしている場合じゃないんですよ」

「でも……っ、あ……携帯だけっ」

郁海は加賀見の手を擦《す》り抜《ぬ》けて寝室《しんしつ》に入ると、机の上の携帯電話を摑んだ。追って来た加賀見が腕《うで》を取り、半ば引きずるようにして歩いていく。携帯電話以外のものは何も持てなかった。

何が起こっているんだろう。

荷造り……といったからには、今日中に戻《もど》ってこられるわけではないのだ。

玄関で靴《くつ》を履《は》いて外へ出ながら、キッチンの食材は出しっぱなしで大丈夫《だいじょうぶ》なんだろうかと、ひどく場違《ばちが》いなことを考えてしまった。

エレベーターに乗り込んでから、上着さえ持ってこなかったことに気づく。

昼間はまだいいが、夜になると外は冷える時期だから、少しばかり厚手とはいえ、パーカー一枚では心許《こころもと》なかった。

だが取りに戻るとは言えない雰囲気だ。

やがて下へ着くと、エントランスを抜けて外へ出た。管理人はいるようだが、奥に引っ込んでいるらしく、姿は見えなかった。

マンションのすぐ近くには、車が一台待機していた。

運転手付きの、黒いセダンだ。リムジンではなかったが、十分に高級そうな車だった。

一緒《いっしょ》に後部シートへ乗り込むと、すぐに車は走り出した。

加賀見は後ろを気にして何度も振《ふ》り返り、郁海が質問するタイミングをなかなか作ってくれなかった。

第三者を気にしなくてはいけない何かが起こったらしいとは、その様子でわかった。

それにしても、運転手付きというのは驚《おどろ》きだ。今まで郁海は、〈お目付役〉がどんな交通手段でやって来ていたのかまったく知らなかったのだ。彼らの存在を意識するのは、いつもエントランスでインターホンを押すところから、部屋を出ていくまでと決まっていたからだ。

やがて加賀見はふっと息をついて、シートに背中を預けた。

尾行《びこう》者がいないと判断したようだ。

「あの……」

「ああ、詳しい説明でしたね。少し待っていただけますか」

彼はそう言うと携帯電話を取りだして、どこかへ連絡《れんらく》を入れた。話の調子から、おそらく実父だろうことは想像がついた。

受験の話は、今することではないだろう。

そう思って郁海は黙《だま》って隣《となり》に座っていた。

電話が終わり、加賀見はもう一度振り返って少しの間、後続車を気にしていたが、唐突《とうとつ》に口を開いた。

「郁海くんは、お父さんのご家庭のことは知っているんでしたね？」

「……一応」

お父さん、という言葉をすんなりと肯定《こうてい》したくなくて、曖昧《あいまい》に頷いた。子供じみた拘《こだわ》りだから、あまり人には知られたくなかった。

「田中夫人の蓉子《ようこ》さんが、どうやら君のことに気づいたようです」

「はぁ」

だからって、逃《に》げるようにしてマンションを出なくてはいけないのだろうか。まして尾行を気にしながら。

郁海が眉根を寄せていると、仕方ないというように加賀見は苦笑した。

「田中氏と蓉子夫人の間にお子さんはいらっしゃいません。そもそも先代の会長が、自分の後《こう》継《けい》者に選んだ田中氏を、娘《むすめ》と結婚《けっこん》させたという事情もありまして、蓉子夫人としても望んだ結婚ではなかったわけです」

出世のための結婚というより、見込まれて親族に加えられたということらしい。

郁海はふーんと鼻を鳴らした。

「プライドの高い方ですから、君の存在自体が許し難《がた》いようです」

「そんなこと言われたって……」

こっちだって望んで愛人の子として生まれたわけじゃない。選べるものならば、郁海は亡《な》くなった養父母から生まれたことだろう。

「君のことを世間に知られたくもないようです。理由がわかりますか？」

「さぁ……」

「田中夫妻にお子さんはいない。が、田中氏は外で君という子供を作った」

「……奥さんのほうに原因があったってこと？」

「どうしてもそうなりますね。まぁ、夫婦のことですから、本当のところはわかりませんが、少なくとも蓉子夫人はそう思われたくないようです」

「ふーん」

事情は見えてきたが、それだけでは納得できないことがいくつかある。気にくわないと思われるのはともかくとして、逃げなければいけない理由はないように思えた。

すると見透《みす》かしたように加賀見が続けた。

「田中氏は君を遺言によって認知するつもりです。もちろん遺産も相続させるおつもりがあるようです」

「……へぇ、認知する気なんかあったんだ」

努めて冷めた声を出したつもりだったが、成功したかどうかはわからなかった。

失望と喜びが複雑に入り交じったこの気持ちは、きっと他人にはわかるまい。

遺言《ゆいごん》で認知するということは、生きている間は息子《むすこ》と認めるつもりがないということだ。それはおそらく田中家の顔色を窺《うかが》ってのことであり、つまり実父にとって郁海はその程度だということだった。

それでもまったくその気がないよりはマシなのかもしれない。自分のものを郁海に遺《のこ》す気はあるのだ。

「詳しくは言えませんが、かなりの資産です。それこそ、人を殺そうと思っても不思議じゃないくらいのね」

「……は？」

「ピンと来ないのも仕方がありませんが、私はそう思いますよ。実際に、蓉子夫人は人を動かしているようですしね」

いきなりそんなことを言われても、実感として湧《わ》いてくるはずがない。ただの高校生である郁海には、とてもついていけない話だ。

何も答えられないでいるうちに、車は高速道路に乗った。

「どこに行くんですか……？」

「しばらく身を隠《かく》すように指示されました」

質問の答えにはなっていなかった。

「だから、どこ……？」

「わかりません。とりあえず関越道《かんえつどう》に乗るようにと指示を受けましたが……」

本当のことなのか、それともごまかしているのかは定かじゃなかった。

たぶんこれ以上は何を聞いても無駄《むだ》だろう。それに場所は聞かなくても、外を見ていればある程度わかることだ。

そう思い、郁海は黙っていた。

車内にはそれきり会話がなくなり、車が首都高速から関越道に入ってもそれは続いた。

ふと何かに気がついたように加賀見は腕《うで》時計に目を落とす。つられるように郁海も自分の時計を見た。

「次のサービスエリアに寄ってくれ」

「はい」

表示ではほんの数キロだった。時間にしてもそうかかることなく、車はサービスエリアへと入っていく。

「食事がまだでしたね。そこで売っているようなもので申し訳ないんですが……」

「別にいいですけど」

何かを買ってきて、走る車の中で食べろということだ。時間を気にしているようだから、のんびりとサービスエリアのレストランに入っている余裕《よゆう》はないのだろう。

聞き分けはいいつもりだった。

「飲み物は、コーヒーでいいですか？　それとも、ジュース？」

語尾《ごび》に少し笑《え》みがまじっているように聞こえるのは神経過敏《かびん》だろうか。

「コーヒーでお願いします」

郁海が答えると、加賀見は運転手に言った。

「頼《たの》む。私もコーヒーでいい」

「わかりました」

運転手が頷《うなず》いて出ていった。揃《そろ》って行かないのは、郁海を一人にはすまいという大人の事情だろう。

暗い車内に残されて、少し息苦しくなってくる。

駐車《ちゅうしゃ》した場所は、ちょうど明かりが乏《とぼ》しい場所だった。

郁海はなるべくレストハウスの明るい照明を見るようにして、大きくゆっくりと呼吸を繰《く》り返した。

「君はずいぶん冷静だな」

「そうですか……？」

「三年前もそうだった。ご両親を亡くしたばかりで、ああいうことを告げられたとは思えない反応でしたよ」

「……現実感がなかったんです。全部……」

養父母が亡くなったことも、自分が実子ではなかったことも、何もかもが絵空事のような、夢を見ているような感覚だった。

だから冷静でいられたのだ。

「今も？」

「そうですね。誰《だれ》かが自分のことを狙《ねら》ってるとか殺すとか、急にそんなこと言われたって、よくわかりません」

「まぁ、そうかもしれないね」

話をしていると、少しは気が紛《まぎ》れた。

黙《だま》っていたらきっと、闇《やみ》が押し寄せてくるような錯覚《さっかく》の中で喘《あえ》いでいたことだろう。

それがわかっているから、郁海は積極的に口を開いた。三年前に頭の隅《すみ》に引っかかったことを、確かめる意味もあった。

「覚えてないかもしれませんけど、三年前、僕のこと見て笑ったでしょう。あれ、どういう意味ですか？」

「ああ……」

ふと笑う気配がした。

ちゃんと覚えているのだ。ただの思い出し笑いとか、意味のない愛想笑《あいそ》いではないということだろう。

ちらりと一瞬《いっしゅん》だけ隣《となり》の男を見やったが、暗くて表情はわからない。すぐに前を向いて、明るい光を見るようにした。

「何て言うか……ずいぶん強がっているなと感心していたんですよ」

「僕がですか？」

「そう。怯《おび》えた子猫《こねこ》が毛を逆立てているみたいだったな」

くすりと笑われて、カッと頰《ほお》が熱くなる。

怯えた子猫だなんて、揶揄《やゆ》しているとしか思えなかった。思わず暗がりの中で加賀見の横顔を見つめたが、言うべき言葉は見つからない。

そのうちに加賀見は視線を合わせてきた。

「神保先生を威嚇《いかく》しているようにしか見えなかったんでね。まぁ、その可愛《かわい》い顔では効果もないでしょうが」

「なっ……」

「三年前は女の子にしか見えませんでしたね」

完全にバカにされているのだと思った。

確かに女顔だし、中学に入る頃《ころ》まではよく性別を間違《まちが》えられたりもしてきた。今はそんなことも少なくなったが、加賀見のように「可愛い」などと言う輩《やから》は結構いて、それに対して郁海はいつも複雑な思いを抱《いだ》いている。

だが今の感情はシンプルだ。加賀見はからかっているのだから、不機嫌《ふきげん》になっても構わないはずである。

ぷいと横を向いたその視線の先に、戻《もど》ってくる運転手の姿があった。

両手に食べ物と飲み物を持って、それに意識を向けながら不器用そうに歩いてくる。

郁海は車から降りて、近づいてきた運転手から紙袋《かみぶくろ》を受け取った。両手が塞《ふさ》がっていたら、ドアも開けられまいと思ったのだ。

断じて早く食べたいからではなかった。

「申し訳ありません」

大の大人が自分に対してへりくだることに、郁海はまだ慣れないでいる。

普通《ふつう》の家庭で育った普通の子供にとって、いきなり「様」付けで呼ばれたり、敬語を使われるのは、何よりもまず居心地《いごこち》の悪さを覚えた。

ましてそれらは背後に実父の存在があってこそだ。自分は彼らにそういう扱《あつか》いを受けるべきことは何もしていないのである。

違和感《いわかん》は拭《ぬぐ》えなかった。

そういえば、加賀見はその点においても異質だ。最初から郁海のことを「くん」付けで呼んできた。

変な男だ。とりあえず口調は改まっているが、それは明らかに無理をしているふうだった。こんな子供に必要はないと思っているのがありありと見えるのだが、不思議とそれが不愉快《ふゆかい》ではなかった。

媚《こ》びた部分がないせいかもしれない。

敬語を使われること自体は郁海も歓迎《かんげい》していないのだ。ただし、それを言うほど相手と打ち解ける気がないというだけだった。

受け取った紙袋を手に後部シートに戻り、ドアを閉めた。

中にはツナと玉子、そしてカツのサンドイッチが入っていた。夕食としては寂《さび》しいが、こういう事態なのだから仕方がない。

運転手が、紙コップに入った温かいコーヒーを差しだしてきた。

ぱさぱさのサンドイッチをそれで流し込むようにして、胃に収める。食べ物を目の前にしたら急に空腹感に襲《おそ》われてしまったのだ。

コーヒーは苦かったが、そういう顔は見せないでおいた。

車はゆっくりと走り出していた。グレードの高い車は静かで、揺《ゆ》れというものもあまりなく、滑《すべ》るように走る。

結構なスピードが出ているらしいのに、そういう感覚さえも薄《うす》い。

加賀見はサンドイッチは食べないらしく、ゆったりとしたしぐさでコーヒーを飲んでいた。

彼は今までの〈お目付役〉とは明らかに違った。細かい部分もそうだが、何よりも雰囲気《ふんいき》だとかタイプが違う。

端的《たんてき》に言ってしまうならば、十五の隠《かく》し子のお守《も》りをするタイプじゃないということだ。

こんな仕事には加賀見はもったいない。気にくわないところは多い男ではあるが、個人的な感情を切り離して郁海は冷静にそう判断した。

まだ彼という人間のことはほとんど知らないが、間違っていないという自信がある。

視線に気がついたのか、加賀見がこちらを向いた。

「食べ終わりましたか？」

「あ、はい」

紙コップは空だし、サンドイッチの袋は二つとも空いて紙袋の中に収まっている。その紙袋はもう加賀見が取り上げて、自分の足元に置いてあった。

大きな手が差しだされてくる。

カップを寄越《よこ》すよう言っているのだと気づくのに、少し時間が要《い》った。

「……ご馳走様《ちそうさま》でした」

人に対するこの手の言葉だけは、今でも欠かさない。それは気にくわない〈お目付役〉へもそうだ。

養父母の育て方が悪いと思われるのが嫌《いや》なのである。だからいくら反抗《はんこう》的な態度を取ってはいても、ここだけはきちんとしているつもりだった。

また加賀見が笑った気がする。

大きな手に空の紙コップを渡《わた》そうとして、くらりと目の前が回った。

「あ……れ……？」

自分の上体を支えていることができなくなり、手を伸《の》ばした恰好《かっこう》のまま加賀見のほうへと身体《からだ》が傾《かし》ぐ。

受け止めたのは、冷たいレザーの感触《かんしょく》だった。

何か言おうとしても、舌がもつれたようになって喋《しゃべ》れない。

意識が急速に沈《しず》み込んでいくのがわかり、重くなったまぶたを必死に持ち上げようとしても叶《かな》わなかった。

薄れていく意識の中で、身体を包む温かさを感じた。子供の頃にされたように、髪《かみ》を撫《な》でられる感触もした。

心地よさが最後の抵抗《ていこう》を奪《うば》い、直後に郁海は何も考えられなくなった。

3

弾《はじ》かれたように、郁海はぱちっと目を開けた。

寝起《ねお》きはけっして悪いほうではないが、こんなふうに突然《とつぜん》、自然に覚醒《かくせい》するというのも珍《めずら》しいことだ。

それでもしばらくは、そのまま天井《てんじょう》を見つめていた。

ここが自分の部屋じゃないことはすぐにわかったけれど、眠《ねむ》りにつく前の記憶《きおく》が引き出されてくるには少し時間が要った。

昨晩は加賀見に連れ出され、車で高速道路を走って……。

「っ……」

息を飲んで郁海は飛び起きた。

横になっていたのはベッドの上だった。部屋の中には他《ほか》に誰《だれ》もおらず、窓にはカーテンが引いてあった。

部屋は十畳《じょう》ほどで、ベッドの他は、読書用とおぼしき椅子《いす》とオットマン、それからルームスタンドくらいしか家具と呼べるものはなかった。一つの壁《かべ》が一面扉《とびら》になっているから、そこが収納なんだろう。

シンプルで上品な部屋だった。

だがホテルという雰囲気じゃない。そう泊《と》まったことがあるわけではないが、その程度のことはわかる。

郁海はカーテンを開けるために、ベッドから下りて窓に近づいた。

それだけで少し温度が下がったように感じる。外の気温は低いらしい。

カーテンを開けると、目の前には色づいた葉をつけた木が見えた。何の木かは知らないが、葉は赤くなりかけていた。

紅葉の時期にはまだ早い。少なくとも東京ではそうだ。

「……どこだよ、ここ……」

どこか高い山の中であろうことは間違《まちが》いなかった。東北というのはないだろう。何しろ乗ったのは関越《かんえつ》だ。

窓は二重になっているし、冬になると寒い土地らしい。

郁海はくるりと踵《きびす》を返し、部屋を出るべく歩きだした。

窓から離《はな》れると温度は明らかに違った。

そっとドアを開け、廊下《ろうか》へ出ると目の前に照明器具が見えた。

吹《ふ》き抜《ぬ》けらしいと思いながら、手すり越《ご》しに下を覗《のぞ》き込むと、そこは無闇《むやみ》やたらと広いリビングで、大きなソファには加賀見が座っていた。

彼はこちらを見上げ、腹の読めない笑《え》みを浮《う》かべる。

「おはよう」

「……おはようございます」

緩《ゆる》やかな階段を下りながら、リビングの壁掛《かべか》け時計で今が朝の八時半らしいと知った。

日の射《さ》し込むリビングは明るい。窓の外に広がる景色は色づき始めた木ばかりで、東京とは明らかに違う秋の深まり具合を教えてくれた。

加賀見をちらりと見やると、こちらを眺《なが》めていた彼と目があった。

ここがどこかという質問は彼にすればいい。ただし、まともに答えてくれれば……の話であるが。

特に理由はないのだが、ごまかされるんじゃないかという予感がしていた。昨日からの会話で、郁海が感じたことだった。

「あの……」

「食事はキッチンに用意してありますから、どうぞ。着替《きが》えは部屋のクローゼットの中に入れておきました。シャワーを浴びるなら、その廊下のつきあたりです」

「着替え……？」

口にしてから、加賀見の服が昨日とは違うことに気が付いた。

彼はプルオーバーにスラックスと、くつろいだスタイルである。休日のエグゼクティブといった印象だった。

「多少大きめかもしれませんが勘弁《かんべん》してください」

「加賀見……さんが、買ったんですか？」

「そうしてあげたかったんですが、急いでいたものでね。人に頼《たの》んで揃《そろ》えさせました。必要なものがあれば、持って来させますよ」

「はぁ……」

生返事をしながら、郁海はぐるりと室内を見回した。

誰かの家というには、少し遊びがすぎた造りのような気がした。それにリビングからも部屋からも木しか見えないとくれば、自《おの》ずとどういった場所かは見えてくる。

「ここ、別荘《べっそう》ですか……？」

「そう」

「どこなんですか？」

「その質問には答えられない」

あっさりと回答拒否《きょひ》を食らって、郁海はムッと表情を険しくする。

「どうしてですか。隠《かく》す理由がないと思いますけど」

「同感だな。君に所在を隠すことに意味があるとは思えない。だが私は雇《やと》われている身なのでね、雇い主の意向には従う義務がある」

つまりは実父の指示だということだった。

「どういうことか、わけわかりません」

「しばらくここに身を隠すようにとのことです。一人では心配だからとおっしゃって、私がお供するよう言われました」

「他に人は……？」

「いません。運転手は、昨夜のうちに帰りました。車は残っていますがね。そうでないと、いざというときに逃《に》げられませんから」

逃げる、という言葉にどきっとした。

「そんなに……まずいんですか……？」

「そのようですね。私も詳《くわ》しくは知りませんが」

さらりと流す加賀見の態度を見ていると、あまり緊迫感《きんぱくかん》というものはないように思えた。あるいは彼にとっても、今回のことは現実感に乏《とぼ》しい出来事なのかもしれない。

むしろそれが当然に思える。加賀見だって要は普通《ふつう》の弁護士だ。いきなり命を狙《ねら》われる可能性がある子供と一緒《いっしょ》に隠れろと言われて、その気になれというほうが無理だろう。

「あなたは、それでいいんですか？　こんな仕事、不本意ですよね？」

嫌々《いやいや》、という気配は今のところ伝わってこないが、本来の職務とは大きくかけ離れているのは間違いない。まして今回の件が田中の杞憂《きゆう》や妄想《もうそう》ではなく、本当に危険なことだとすれば、今すぐに投げ出しても不思議じゃなかった。

「不本意？」

「加賀見さんて、今までの人たちとは違う。本当はこんな仕事するような人じゃないような気がします」

「それは……誉《ほ》められているのかな」

表情は和《やわ》らいだが、そこには喜んでいるような気配はない。心底面白《おもしろ》がっているような顔だった。

「けなしてるわけじゃないです」

「それはどうも。買い被《かぶ》っていただいて有《あ》り難《がた》いんですが、そんなに大層なものじゃありませんよ」

「でも、三年前に神保さんと一緒に来たじゃないですか」

「ああ……。ま、正直なところ、君が次から次へとクビにするから手駒《てごま》がなくなったんですよ。つまり、私の後任はいない」

「……そうなんですか」

ならばこの男が音を上げてこの役目を放り出せば、あるいは不適任だと判断されれば、鬱陶《うっとう》しい〈お目付役〉はなくなるかもしれないのだ。

また一人目から繰《く》り返されるという可能性もあったけれど。

黙《だま》り込んでいると、加賀見は笑いながら言った。

「休暇《きゅうか》をもらったと思って、のんびりすることにしますよ。環境《かんきょう》のいい場所で、何もしないで報酬《ほうしゅう》がもらえるわけですから、悪い話じゃない」

そう笑う加賀見の手には本があり、確かに言葉通りくつろいでいることがわかる。

本人がいいのなら、これ以上は郁海がとやかく言うことでもないし、不満をあらわにされながら一緒に過ごすのでなければ、それでいい。

「ああ、それと、近くに別荘や民家はありませんが、念のためにあまり外へは出ないようにしてください」

「建物の周りも？」

「私の目の届く範囲《はんい》であれば」

自由はないのだと言われたようなものだった。だったら建物の中にいたほうが、まだ他人の目を気にしないで済む。

積極的に外へ行こうという気は、にわかに失われていった。

「いつまで……って、わからないんですよね」

「私が知りたいですね」

郁海は嘆息《たんそく》して、足を階段に向けた。空腹感はそれほどないから、まずはシャワーを浴びてすっきりしてしまおうと思ったのだ。

階段の途中《とちゅう》で、郁海はぴたりと足を止めた。

それから本に意識を戻《もど》した加賀見へ言葉を向けた。

「一つだけ、僕からも条件を出していいですか」

「なんでしょうか？」

にっこりと笑われて、そこにどうしようもない嘘臭《うそくさ》さを感じた。実が伴《ともな》っていないのだから、当然だった。

「僕に敬語を使う必要はないと思うから、普通にしてください。上《うわ》っ面《つら》でへりくだったりするの、大嫌《だいきら》いなんです」

たとえば週に一度、ほんの数十分を過ごすだけであるならば、こんなことを言ったりはしなかった。

けれども、加賀見とはしばらく二人きりで一つ屋根の下にいなければならないのだ。

加賀見はひどく楽しそうに目を細めた。

「君もそうする？」

「いいえ。一応、あなたは目上の人だから」

言い置いて階段を上がった。

本心ではないけれど、口調を変えるつもりがないのは確かだった。

お互《たが》いに〈タメ口〉になるのは、何だか親しいみたいで嫌だ。ただそれだけで大した理由はなかった。

部屋に戻る途中のもう一つのドアは、加賀見の寝室《しんしつ》なのだろう。二階部分にあるのは二つの部屋だけで、別荘がそう大きくないことがわかる。

無駄《むだ》のない造りだ。吹《ふ》き抜《ぬ》けのリビングのせいもあって、加賀見の目が届きやすそうだし、周囲に何もない静かな場所だから、いくらこっそりとドアを開けて廊下《ろうか》を歩いたとしても、かすかな物音や気配で、部屋の出入りは悟《さと》られそうだ。

監視《かんし》されている気分だった。

部屋に戻って郁海は大きな溜《た》め息《いき》をついた。

それすらリビングの加賀見に聞こえてしまいそうで、思わず見えもしないリビングのほうへと目をやってしまった。

シャワーを浴び、用意された服を身に着けると、郁海はキッチンへと入っていった。

入っていく、といっても、オープンキッチンだから、カウンター越《ご》しに郁海の姿は見えるわけで、加賀見は本から目を離し、そちらを向いた。

服は少し大きいようだが、問題があるほどでもないだろう。

濡《ぬ》れた髪《かみ》を乾《かわ》かすこともなく、郁海はスープの入った鍋《なべ》を覗《のぞ》き込み、それから食パンを焼き始めた。

スープは加賀見が作ったものではなく、冷凍《れいとう》されてパックになっていたものを温めただけである。同じように凍《こお》ったものが冷凍庫には大量に入っていて、その種類も実に十数種類だった。下手をすれば長期間の籠城《ろうじょう》となるわけだから、それでも足りなくなる可能性はある。

定期的な補給は、確かに必要だ。本来なら頻繁《ひんぱん》な出入りは避《さ》けるべき状況《じょうきょう》だろうが、こればかりは仕方がない。

郁海は冷蔵庫の中を一通り確認すると、納得したように顎《あご》を引いて紅茶の用意をした。

コーヒーはあまり好まないという話は本当らしい。

思っていたよりずっと手際《てぎわ》がいいのに感心しながら見ていると、郁海が視線に気づいたのかこちらを見た。

「何ですか」

「いや、慣れているなと思って」

「……一人暮らし、してますから」

十二歳から一人暮らしというのは、あまり一般《いっぱん》的なことじゃない。それを平気でさせる田中もどうかと思うが、それは加賀見が口出しできることではなかった。

こちらが見つめているのがわかっているせいで、郁海の動きは途端《とたん》にぎこちなくなっている。視線を意識しないではいられないのだろう。

三年前と具体的にどこか変わったか、それを見つけようとしばらく観察した。

身長は伸《の》びたようだが、小柄《こがら》な部類に入ることは間違《まちが》いなく、相変わらず肉付きがよくない。もっともそれは体質らしく、顔色は至ってよかった。

意思の強そうな大きな目は相変わらずだし、生意気そうな口元も変わっていない。

怯《おび》えた子猫《こねこ》と言い表したのは揶揄《やゆ》などではなく、加賀見の正直な感想だったのだ。今はさしずめ、強がる子猫といったところだ。

もちろん口に出すつもりはなかった。

やがてパンも焼け、紅茶も入り、スープも皿に盛って、朝食の用意はほとんど調《ととの》った。

キッチンにはテーブルがなく、カウンターには椅子《いす》がない。そしてこの別荘《べっそう》にはリビングの他《ほか》に食事をするような場所はなかった。

それに気が付いて郁海は戸惑《とまど》っていた。リビングということは、加賀見の目の前で食事するということである。

少し迷っていたが、やがて郁海は意を決したように、それでもそれとわからないようにトレーを手にキッチンから出てきた。

部屋に持って行って食べるのは、逃《に》げるみたいで嫌なのだろう。

郁海にはそういう、変に意固地《いこじ》なところがあった。

見ているのも可哀相《かわいそう》だから、加賀見は冷めたコーヒーの代わりを作りに、入れ替《か》わるようにキッチンに入った。

ことさらゆっくりとコーヒーを入れ、あらかた食事が終わった頃《ころ》に、カップを手にリビングへ戻る。

普段《ふだん》よりも急いだ食事であることは間違いなかった。

加賀見はソファに腰掛《こしか》けると、煙草《たばこ》を取りだして火を点《つ》けた。とりあえず食事が済むまでは待ったつもりだった。

「考えたんですけど……」

郁海は唐突《とうとつ》にそう切り出した。

「うん？」

「僕が認知もしなくていいし、相続もしないって言えばいいことじゃないですか？」

シャワーを浴びながらでも考えていたらしく、用意されたかのような言葉はすらすらと、その唇《くちびる》からこぼれてきた。

「残念ながら、君が未成年の間は認知を拒否《きょひ》できない。それに田中氏は、どうあろうと意思を曲げたりはしないだろうな」

意固地なところは似ているかもしれないと思う。この親子の共通点を挙げろと言われたら、それくらいしか思いつかなかった。

「第一、蓉子夫人がそれを信じるかどうか……」

「……じゃあ、何がどうなったら僕は元の生活に戻れるんですか？」

「さぁ」

加賀見は軽くかぶりを振《ふ》った。その答えは現時点で誰《だれ》一人としてわからないことだった。答えを出すのは田中や蓉子であって、ここにいる二人のどちらでもない。それだけは確かだった。

郁海は嘆息《たんそく》して立ち上がり、キッチンで使った食器を洗い機に入れた。

「そうだ、退屈《たいくつ》だったら、そこらにある本を勝手に読んでいいぞ。リクエストがあれば、好きな本を持って来させよう。ああ、それとも教科書のほうがいいか？」

「そうですね。勉強、遅《おく》れちゃうし……」

進学校への編入を希望している郁海にとって、勉強の遅れは致命《ちめい》的である。そもそも学校の授業だけでは、とても志望校へ入れるものではないのだ。

「わかった。一通り、持って来させる」

「ありがとうございます」

無機質な声だった。故意に感情を込めずに言ったような印象である。

ささやかな反抗《はんこう》に思わず笑《え》みが漏《も》れた。加賀見は郁海の癇《かん》に障《さわ》ることをしている自覚はあっても、それを直そうという意識は皆無《かいむ》なのである。

部屋に戻りかけた郁海は、階段の手すりに手をかけたところで立ち止まり、じっと加賀見を見つめてきた。

「あと二つ、頼《たの》みがあるんですけど」

「何かな」

促《うなが》すと、郁海は一気に言った。

「あんまりじろじろ見ないでください。それと、煙草は自分の部屋でだけ吸ってください。僕、煙草大っ嫌《きら》いなんです」

挑《いど》むような目が微笑《ほほえ》ましい。

「それは失礼」

加賀見は煙草を灰皿に押しつけて火を消すと、これでいいかと目で尋《たず》ねた。

「勝手言ってすみません」

吐《は》き捨てるように言って郁海は階段を駆《か》け上がっていく。ちっともすまなそうじゃないのは、バツの悪さを覚えているからだろう。

(わがままを言い慣れていないのか……)

養父母は、郁海をそういう子供には育てなかったらしい。

生意気ではあるけれど、わがままになりきれない少年がしてきたことといえば、せいぜい七人の〈お目付役〉を辞《や》めさせたり、ハウスキーパーや食事係を退けたという程度の可愛《かわい》らしいものである。その〈お目付役〉に関しても、人を替えることが目的なわけじゃない。

郁海の希望は、あくまで田中との直接交渉《こうしょう》なのだ。

バタンとドアが閉まる音がする。

そう悪い役目じゃないというのが本心だ。

少なくとも、退屈はしないで済みそうだった。


そろそろ充電《じゅうでん》が切れるかもしれないと思って取りだした携帯《けいたい》電話は、液晶《えきしょう》に一切の文字が映っていなかった。

まだ少しばかり早いような気がする。

そう思いながら充電を始め、郁海は「あれ？」と首を傾《かし》げた。

電源のボタンを押しても、うんともすんとも言わない。

しばらく携帯電話と格闘《かくとう》し、やがて大きな溜《た》め息《いき》をついて、郁海はベッドに転がった。

携帯電話は壊《こわ》れてしまったらしい。マンションを出がけに摑《つか》んだときは、確かに普通《ふつう》の状態だったのに、眠《ねむ》っている間にどうにかなってしまったのだ。

ふと違和《いわ》感を覚え、上体を起こした。

どうにかなってしまった、というならば、昨晩の郁海もそうだ。

急に異常なほどの眠気に襲《おそ》われて、意識を保っていられずに手放した。あれは睡魔《すいま》なんていう生やさしいものではなかった。

かつてないことだった。寝付《ねつ》きは悪いほうじゃないが、あんなふうに、必死で意識を保とうとして叶《かな》わないなんて一度も経験したことがない。

「まさか……」

薬か何かだろうか。

そう考えれば説明はつく。

もしそうだとしたら、運転手が買ってきたサンドイッチかコーヒーの中に入っていたとしか思えない。だが市販《しはん》されていたサンドイッチでは難しいだろうから、可能性としてはコーヒーが高い。

郁海は普段コーヒーを飲まないから、少しばかり味がおかしくても、たとえ苦いと思っても、それをおかしいとは思えなかっただろう。

怖《こわ》い考えだった。一服盛られてここへ連れ込まれたのだとすれば、携帯電話が壊れた理由も自《おの》ずと決まってくる。

どんどん考えが暴走しかけ、郁海は慌《あわ》ててそれを押しとどめた。

加賀見は実父の命令によって、郁海を安全なところへ匿《かくま》っているのだ。携帯電話を壊す理由なんてないはずだった。

（でも……それはあの人が言ってるだけだし……）

実父の口からそうと聞いたわけじゃない。

場所を教えてくれないのは、本当に実父の指示なんだろうか。〈お目付役〉の名前があらかじめ知らされないのはいつものことだったが、加賀見が本当にそうだとは限らない。

郁海はかぶりを振って、もう一度自分の考えを否定した。

考えすぎだ。あの眠気だって薬と決まったわけでもないし、もしそうだとしても、郁海に場所を知られないためなのだろう。

胸の内のもやもやとしたものを払拭《ふっしょく》したくて、郁海はそっと部屋を出た。

その必要はないのだが、疑心暗鬼《ぎしんあんき》になっているせいで加賀見の目や耳がどうしても気になってしまう。

リビングにはもう加賀見の姿はなかった。

少し迷って、隣《となり》のドアを小さくノックした。

返事はなく、迷った挙げ句に郁海は音を立てないようにしてドアを開けた。

部屋は郁海のものとまったく一緒《いっしょ》だった。ベッドやスタンドまでそっくり同じである。

ふっと息をついてドアを閉め、キッチンに飲み物を取りに行くことにして、階段を下りた。

本当はこの別荘《べっそう》内を好きに歩き回っていいはずなのに、わざわざそんな理由を付けるのは、他人の家に忍《しの》び込んでいるような後ろめたさと緊張《きんちょう》感のせいだ。

リビングに下り立って、ぐるりと中を見回す。

電話が見あたらない。壁際《かべぎわ》を見ていくと、モジュラーはあるのに肝心《かんじん》の電話機がないのだ。郁海はそれから別荘中を探してみたが、加賀見や自分の部屋も含《ふく》め、この別荘には電話がないということがわかった。

外部との連絡《れんらく》手段は、おそらく加賀見の持つ携帯電話だけなのだろう。

何だかぞっとしない。

自分の居場所も知らされず、別荘からは出るなと言われ、おまけに外部との連絡手段も郁海にはない。

これでは監禁《かんきん》されているようなものだ。否、ある程度の自由はあるわけだから、軟禁《なんきん》というべきか。

リビングで茫然《ぼうぜん》と立ち尽《つ》くしていると、外から加賀見が帰ってきた。さすがに冷えるらしく、昨日見たレザーのジャケットを着ている。

「どうした？」

疑問をぶつけるべきかどうか迷ってしまう。

問えばすっきりとした回答が得られるかもしれないが、下手をすれば藪蛇《やぶへび》になってしまうかもしれない。

「退屈なら、外に行くか？」

「……田中さんと話したいんですけど」

考えた挙げ句にそんな言い方をした。これなら失敗はないだろうと思ってのことだった。

「残念ながら、こちらからの直接連絡はできない」

「どうしてですか」

「田中氏は今、海外にいるそうだ。だから連絡も指示もすべて、人を介《かい》して行われている。そういうことだ」

「だったら、向こうからこっちに電話してくるように言ってください。納得《なっとく》がいくように説明して欲しいんですけど」

「私の説明では納得できない、ということかな」

不快そうな気配はなく、むしろ加賀見は何かを楽しんでいるように見えた。

一瞬《いっしゅん》だけためらって、郁海ははっきりと頷《うなず》いた。ここで否定して見せたとしても、加賀見には通用しないだろう。

「それは困ったね」

「……そうですか……？」

本当は少しも困っていないくせに。

喉《のど》まで出かかった言葉は、何とか飲み込むことに成功した。

もちろん加賀見は、郁海がそう思っていることなど承知しているはずだ。その上で笑っているのである。

嫌《いや》な男だな、と思った。

たぶんこの世で一番苦手なタイプだ。

「気晴らしに外へ出ようか。おいで」

「は……？」

突然《とつぜん》、話を変えられて唖然《あぜん》とする。

まして「おいで」などと言いながら、郁海の返事などはお構いなしに、加賀見は腕《うで》を摑んで歩きだした。

「ちょ……放っ……」

はぐらかすつもりなんだろうか。話はまだ終わったわけじゃないのに。

玄関《げんかん》まで来ると加賀見は脱《ぬ》いだジャケットを郁海の肩《かた》にかける。

そのぬくもりに、反発心だとか警戒《けいかい》心だとかが一瞬で溶《と》かされそうになった。この温かさは覚えがあった。

どこだかは思い出せない。だがそう遠いことではない気がした。

体格のいい加賀見のジャケットは大きすぎて、郁海にとってはハーフコートになってしまう。

隣にいる、厚着をしているとはいえない男を見やった。そしてつい、そんな義理はないんじゃないかと思いつつ気遣《きづか》わしげな声を出してしまった。

「加賀見さんは寒くないんですか？」

すると虚《きょ》をつかれたように加賀見はまじまじと郁海を見て、それからふっと表情を和《やわ》らげた。

「思ったより外は寒くなかったんでね。ただ、君の恰好《かっこう》ではちょっと寒いだろうな」

優《やさ》しいところもあるじゃないか、と感心していると、加賀見は思い切りそんな気分を覆《くつがえ》すことを言ってくれた。

「ところで靴《くつ》は自分で？　それとも、だっこがいいかな」

カチンと来た。

これはもう遊ばれているか、あるいは嫌がらせをされているかのどちらかだろう。加賀見はこちらの神経を逆撫《さかな》でするポイントを心得ているらしい。

郁海は黙《だま》ってスニーカーを履《は》いた。

加賀見が開けたドアから、冴《さ》えた冷たい空気が流れ込んできた。

予想以上に外は寒い。まだ十月の半ばなのにこの気温というのは、ある程度の標高の高さを確信させる。

だが具体的な場所はまるでわからなかった。地理は苦手なのだ。

まして関越《かんえつ》道路というのは郁海にとってまったく馴染《なじ》みのないものだった。養父母に育てられたのは東名高速沿いにある町だったからだ。

あやふやな記憶《きおく》と、漢字から、新潟《にいがた》へ行く道なんだろうなと思う程度である。

促《うなが》されるまま外へ出て、別荘の周囲をしばらく歩き回った。

近くには本当に何もなくて、あるのは舗装《ほそう》もされていない一本の道路と、ひたすらの木、そして人の手が入っていなさそうな小川だった。

勢いをつけて跳《と》べば越《こ》せそうなくらいの幅《はば》で、水の量も多くない。キャンプなんかしたらとても気持ちが良さそうな雰囲気《ふんいき》だ。

見渡《みわた》す限り、人工物らしいものは別荘以外に何もない。単に木で見えないだけかもしれないが、互《たが》いに黙り込んでしまうと、水音と風で葉が鳴る音くらいしか聞こえてこないのだ。少なくとも近くには本当に何もないようだった。

「……これって、陸の孤島《ことう》ってやつですね」

小川に沿ってゆっくりと歩きながら、郁海はぽつりと呟《つぶや》いた。

たぶん加賀見は、郁海を諦《あきら》めさせるために外へと連れ出したのだ。この通り近くには何もないから、別荘でおとなしくしているしかないんだよ、と言わんばかりに。

だからきっと、こんなに楽しそうなのだ。

「そうだな」

「推理小説なんかでは、こういうところで殺人事件が起こったりするんですよね。道が崖崩《がけくず》れかなんかで塞《ふさ》がれちゃって……もっと人は多いけど」

登場人物がたった二人では推理にもなりはしない。一人が殺されてしまったら、それでおしまいだ。

ぼんやりとそんなことを考えてから、ぞっとした。

よく知りもしない男と、たった二人きりでこんな場所にいることが急に怖《こわ》くなってくる。

心臓の音が耳に聞こえてくるほど、鼓動《こどう》が速くなっていた。

そこへいきなり、ぽんと肩を叩《たた》かれ、郁海は思わず悲鳴を上げて飛び上がった。

「郁海くん……！」

次の瞬間《しゅんかん》に「まずい」と思い、間を置かずに「痛い」と叫《さけ》びそうになった。物のたとえではなく、郁海は本当に飛び上がってしまって、おかげで足場の悪い川縁《かわべり》から右の足を滑《すべ》らせたのだ。

バシャッ、と水が跳《は》ねた音が後から聞こえた気がした。

痛いのではなく冷たいのだと気が付いたのは、加賀見の腕によって引き戻《もど》され、あやうく転びそうになるのを免《まぬか》れた後だった。

転ぶというより、転がり落ちそうだったと言ったほうが正しいかもしれない。そう深さはないようだが、問題は溺《おぼ》れることでも流されることでもなく、水の冷たさだ。

全身が浸《つ》かることを想像しただけで身震《みぶる》いがした。

頭上から安堵《あんど》の息が聞こえ、郁海はぎょっと目を剝《む》いた。

気が付けば加賀見の腕の中だった。

とっさに引き戻してくれて、勢い余った身体《からだ》を受け止めてくれたわけだが、それが抱《だ》きしめる形になっていた。

長い腕の中は戸惑《とまど》うほど心地《ここち》よくて、郁海はそのまま動けなくなる。

「すまなかった。驚《おどろ》かせるつもりはなかったんだが……」

たぶんそれは本心だろうし、郁海だって自分があれほどみっともない反応をしてしまうとは思ってもみなかった。

自分の小心ぶりが恥《は》ずかしい。

思い返しても無様で恥ずかしいことをしてしまったと思う。

「……いえ。勝手に落ちたんだし……」

後ろに下がるようにして、ゆっくりと加賀見の腕の中から出ると、レザーのジャケットを着ているにも拘《かか》わらず肌寒《はださむ》く感じた。

スニーカーの中には水が溜《た》まっていて、少しでも動くとジャブジャブと音がした。

顔をしかめながらそれを脱いで逆さにすると、結構な量の水が出てきた。もちろん靴下だって、ジーンズの裾《すそ》だってずぶ濡《ぬ》れだ。

「靴下も脱いだほうがいい。風に当たると余計に冷えるぞ」

「でも、すぐだし」

うろうろと歩き回っていたけれども、直接帰れば大した距離《きょり》でもないはずだ。

そう思っていると、加賀見が目の前に膝《ひざ》をつき、濡れた靴下に手をかけた。

「わっ……ちょ……何するんですかっ！」

叫んでいる間に踵《かかと》のあたりまで引きずり下ろされてしまう。そのまま引っこ抜《ぬ》こうとするので、バランスを崩《くず》した郁海は慌《あわ》てて加賀見の肩に手をかけて身体を支えた。

加賀見は肌に張り付いていた靴下を脱がすと、ポケットから白いハンカチを出して郁海の足を器用にくるんだ。

それだけで温かく感じるのは、思っていたより足が冷えていた証拠《しょうこ》だろう。足をつけたらハンカチが汚《よご》れるなと考えていると、加賀見が顔を上げ、意味不明の笑《え》みを浮《う》かべた。

「行こうか」

「はい……？」

「え……わっ、うわっ……！」

ふわりと身体が宙に浮いてから、郁海は自分が抱《かか》え上げられたのだと気づいた。

「下ろしてください！」

「大きな声を出さなくても聞こえるよ。すぐなんだから、おとなしくしていなさい」

やんわりと、だが反論を受け付けない口調で言われて、郁海は黙り込んだ。

加賀見はその長い足で、郁海という荷物などないかのように軽快に歩いていく。

誰《だれ》も見ていないとわかっていても、恥ずかしくて仕方がなかった。もっと小さな頃《ころ》ならばと

もかく、ある程度育ってからは養父に抱き上げられるようなこともなかったわけで、高校生の男子としては赤面ものの事態だった。

思っていたよりも別荘《べっそう》までの距離はあった。あるいは一刻も早く下りたい郁海が長く感じてしまっただけかもしれない。

背中でドアを開ける音を聞いた。

加賀見の背中越《ご》しに濡れたスニーカーを持ったまま、郁海はずいぶんと我慢《がまん》した挙げ句にようやく床《ゆか》に下ろされた。

「はい、到着《とうちゃく》」

「あ……あの……どうも……」

頼《たの》んだわけじゃなかったが、ハンカチを巻いてもらったことも、ここまで運んでもらったことも、礼を言うべきことなんだろうと思った。

後者に関しては、羞恥心《しゅうちしん》との戦いを強《し》いられたのだから、プラスマイナスでゼロ、という気がしないでもなかったが……。

「いいから、風呂《ふろ》で身体を温めておいで」

加賀見は背中を押すようにして、郁海をバスルームへと向かわせる。

足を踏《ふ》み出しかけて、まだジャケットを着ていたことに気が付き、脱《ぬ》いだそれを渡《わた》すために振《ふ》り返った。

「これ……ありがとう」

それから再び背中を向けて歩き出したとき、唐突《とうとつ》に思い出した。

ジャケットがもたらしたぬくもりの記憶は、おそらく昨晩のことだ。

車の中で気を失うようにして眠《ねむ》ってしまったとき、まだうっすらと残る意識の中で、確かに加賀見がこのジャケットをかけてくれた気がする。そして優《やさ》しく髪《かみ》を撫《な》でられた記憶が蘇《よみがえ》ってきた。

それが郁海の中で確信となったとき、自然と足は止まっていた。

「早くしないと風邪《かぜ》をひくぞ」

背中にかけられた加賀見の声に、郁海は再び歩きだした。

4

郁海はリビングでクッションを抱えながら、見てもいないテレビに、ただぼんやりと視線を向けていた。

ここへ来て三日目となり、少しはここの空気にも慣れた。緊張《きんちょう》していたのは最初だけで、今は不思議と楽に過ごせている。二人で外へ出て以来だということはわかっていた。

けれど、加賀見という男をどう捉《とら》えたらいいのかはわからないままだ。

けっして優しくないわけじゃないが、それ以上に意地の悪いところがあって、何かにつけて郁海は揶揄《やゆ》されている。本人が言っていたように、まるで休暇《きゅうか》を楽しむように加賀見は過ごしており、相変わらず外と連絡《れんらく》を取り合っている様子もなかった。

彼の言葉が正しいかどうかの確証は得られないままだ。

頭上からドアの開く音がして、加賀見が部屋から出てきた。彼は何も言わずにキッチンへ入っていき、コーヒーを入れ始めた。

ここでの食事は、基本的に好きなときに勝手に取ることになっている。決めたわけではなかったが、暗黙《あんもく》のうちにそうなったのだ。

けれど昨日もおとといも、夜は一緒《いっしょ》に食べた。加賀見が用意をしてくれて、一緒にどうかと誘《さそ》ってくれたのだ。

断る理由もなかったし、変な意地を張るのも子供じみているかと、礼を言って差し向かいで食事をした。

誰かと食べる夕食は三年ぶりだった。

「勉強はしないのか？」

キッチンの中から加賀見が言った。

郁海は視線だけを送って、大きな溜《た》め息《いき》をつく。

「そんな気分じゃないです」

「何だ、せっかく見てやろうと思ったんだけどな」

「結構です。いつも自分でやってるし、人に教えてもらう必要も感じないですから」

愛想《あいそ》なく言って、郁海は見たくもないテレビに目を戻《もど》す。

加賀見はふーんと鼻を鳴らし、湯気の立つカップを手にしながら近づいてくると、郁海の斜《はす》向《む》かいに腰《こし》を下ろした。

ちらりとテレビを見やり、それから笑みをこぼしてリモコンに手を伸《の》ばす。

次の瞬間《しゅんかん》、画面はパッと黒くなった。

「何するんですか……？」

どうでもいい番組だったけれど、勝手に消されたことは不快だ。

郁海は険しい顔をして加賀見を睨《にら》み付けた。

「どうせ見てなかったんだろう？」

「決めつけないでください」

「事実だと思うが？」

「そうだとしても、勝手に消していいってわけじゃないでしょう」

「考えごとをしたいのなら、静かなほうがいいんじゃないかと思うよ。それとも君は、いつもテレビを見ながら考えるのか？」

すました顔で加賀見はコーヒーをすすった。

見透《みす》かされているみたいで気分が悪い。したり顔で忠告をくれる男の顔を、郁海は思い切り睨み付けた。

「余計なお世話、です」

「それは悪かった」

加賀見と話していると、ときどき手の上で遊ばれているような不快感を覚えることがある。それは彼の本心が、どこにあるのか見えないせいかもしれないし、相性というやつなのかもしれない。

気分が良くなることもないわけじゃないが、反対のほうがずっと多かった。

「余裕《よゆう》ですね」

「何が？」

「加賀見さんが。すっかりくつろいでるし、とても誰《だれ》かに狙《ねら》われてる人間と一緒にいるように見えないですよね」

「びくびくしたって仕方ないだろう？　もう少し、楽しんだらどうかな」

「僕はとてもじゃないけど、のんびり別荘気分を味わっていられません」

加賀見に対するあからさまな皮肉だったが、言われた本人は気分を害した様子もなく、相変わらず楽しげに郁海を眺《なが》めていた。

何がそんなに楽しいのか、加賀見はずっと上機嫌《じょうきげん》だ。

あるいは、そう見えるのは郁海の読みが足りないだけかもしれない。

「怖《こわ》かったら、素直《すなお》にそう言いなさい。いつでも抱《だ》きしめてあげるよ」

「結構です……！」

郁海はぷいと横を向いた。

おそらく、退屈《たいくつ》なこの生活の中で、加賀見にとって郁海はいい暇《ひま》つぶしなのだ。

「お父さんの身代わりはごめんだがね」

「え……」

郁海は目を剝《む》いて、加賀見の顔を凝視《ぎょうし》した。

今のは、どういう意味なんだろうか。すぐには理解できなかったが、問い返すことはしなかった。

聞くべきじゃないと、心の隅《すみ》で囁《ささや》く声がしていた。

この場を立ち去って話を終わらせようとした矢先、加賀見は笑《え》みを含《ふく》んだ口調で言った。

「自覚しているかどうか知らないが、君は相当なファザコンだ」

「そんなことない」

いくら実父だからといって、会ったこともない男に対してそんな意識を持つはずがなかった。それは亡《な》くなった養父に申し訳ない気がする。

否定をあらわにした目で加賀見を見据《みす》えていると、彼はさらに言った。

「次々と〈お目付役〉に突《つ》っかかっていくのは、田中氏の関心を引きたいからだろう？　言っておくが、何人追い払《はら》ったところで、今のままでは田中氏が直接出て来ることはないよ。残念ながらね」

笑みさえ浮《う》かべて加賀見は言う。

カッと頬《ほお》が熱くなるのがわかる。

自分がひどく動揺《どうよう》している事実に、郁海は戸惑《とまど》いを覚えた。そんなことは具体的に考えたこともなかったけれど、即座《そくざ》に違《ちが》うと反論できない自分がいるのは確かで、たまらない羞恥《しゅうち》に全身が包まれる。

思いがけず図星を指されたことへの憤《いきどお》りと羞恥ですぐには言葉が出てこない。

何て子供じみたことをしていたんだろう。それも、自覚しないところで。

だからこそ余計に恥《は》ずかしかった。確信犯ならば開き直ることだってできたのに、他人に言われて初めて気が付くなんて目も当てられない。

他人に、それも会ってまだ間もない相手に、隠《かく》れていた自分を暴《あば》き出されるなんて思ってもみなかった。

「な……んで……？」

ようやく出たのは、そんなたどたどしい問いかけだった。

「見ていればわかる。私は嘘《うそ》を言うつもりはないから、はっきり教えておくが、君のしてきたことに効果があったとは思えないな」

加賀見の口調は淡々《たんたん》としていて、そこには同情の色もなければ揶揄する気配もなく、事実を事実として伝えている響《ひび》きがあった。

「田中氏は君を抱きしめることよりも、田中家でポジションが悪くならないことを望んでいる。君に相続をさせようというのも、他人よりは自分の子供に渡《わた》ったほうがいいという程度の考えだ。けっして君が可愛《かわい》いからじゃない」

静かな、だが容赦《ようしゃ》のない言葉だった。

期待しちゃいけないことくらい、わかっていた。会いにも来ない三年の間に、それは郁海の中で呪文《じゅもん》のように繰《く》り返されてきたのだ。

郁海が引き取られた理由は、義務であって愛情ではない。

だからこちらが思慕《しぼ》を向けたら傷つくだけだと知っていた。

とっくに知っていたことを改めて言われたくらいで、今さら傷つくことはないはずだった。なのに田中のことなんかで、まして加賀見に言われたことくらいで、いちいち動揺しているのが悔《くや》しかった。

郁海ばかりが、感情を動かされて揺《ゆ》さぶられているなんて理不尽《りふじん》だ。

だが大事に灯《とも》していた火を吹《ふ》き消されたような、危なっかしい足場が崩《くず》れていくような、そんな気分は拭《ぬぐ》えない。

無意識に握《にぎ》りしめた手がかすかに震《ふる》えていたことに気が付いて、郁海はそれを押さえ込むようにクッションをきつく抱きしめる。

顔を上げないのは加賀見を見たくないからであって、けっして自分の顔を見られたくないからじゃなかった。

「泣いてるのか……？」

「誰《だれ》がっ」

こんなことくらいで泣くわけがない。けれどもやはり顔は半分クッションに埋《う》めたまま下を向いていた。

ゆっくりと加賀見が近づいてくる。

目の前に来たと思ったら、すっと手が伸《の》びてきて、顎《あご》を摑《つか》んで上向かされた。郁海の意思とは無関係に、加賀見と目が合うことになった。

郁海はその手を振《ふ》り払い、キッと加賀見を睨み付けた。

「何するんですかっ！」

「本当に泣いていないかどうか、確かめようかと」

信じられない。この男の行動というものが、まったく読めなかった。

「確かめて、どうしようっていうんですか」

「泣いていたら、胸を貸そうかと思ってね」

向けられる笑顔《えがお》はいつもの見慣れた営業スマイルだった。

この男が何をしたいのか理解できない。

郁海を叩《たた》きつけておいて、手を差し伸べる。まるでそれ自体を楽しんでいるようにも思えるし、意図があるようにも思えた。

「田中氏には期待しないほうが賢明《けんめい》だよ。抱きしめてくれる腕《うで》が欲しいなら、他《ほか》を当たったほうが建設的だ」

「……言ってる意味がわかりません」

「父性愛を求めても無駄《むだ》だと言ったんだ。私もそれは与《あた》えてやれない。さすがに、こんなに大きな子供を持つ気はないんでね」

「僕だって、あなたみたいな父親は要《い》りません」

「結構。どうせなら、恋人《こいびと》のほうがいい」

「は……?」

郁海は虚《きょ》をつかれ、ぽかんと口を開けてしまった。

一体どういう冗談《じょうだん》なのだろうか、と眉《まゆ》をひそめてしまう。

目の前にいるのは誰がどう見ても男であり、郁海だって同じ性を持っている。過去に何度か告白されたことがあるから、同性間の恋愛《れんあい》が存在することは知っているが、郁海はその手の話が大嫌《だいきら》いだった。

それに、いい大人が十五の子供に言うことじゃないだろう。加賀見の歳は知らないが、郁海よりもずいぶん上であることは間違いないし、二人でいるところを他人に見せたら、恋人よりも親子のほうが納得《なっとく》できるはずである。

いずれにしても、加賀見が言うと突拍子《とっぴょうし》もないことに聞こえる。必死さだとか、あるいはギラギラとした欲望の気配が見えないせいだ。余裕《よゆう》のなさだとか、
つまらない冗談だ。能がない。

呆《あき》れて嘆息《たんそく》していると、加賀見は郁海のすぐ隣《となり》に腰《こし》を下ろした。

無意識に郁海は反対側へと身体《からだ》を傾《かたむ》けた。

「本気にしていないな」

「当たり前じゃないですか」

「同性から、そういうアプローチを受けたことはないのか？」

「……ありますよ」

吐《は》き捨てるように郁海は言った。

東京に来て新しい中学に入り、そしてそのまま高校へと進んだこれまでの間に、同じ学校の先輩《せんぱい》や同級生、ときには後輩《こうはい》からも、呼び出されて好きだとか付き合ってくれとか言われたり手紙をもらったりした。

男子校の悪習、と誰かが笑っていた。

まったくその通りだと郁海も思っているが、それだけで済ませられないのは、学校の外でもナンパされたことがあるからだった。ごく軽い、半分ふざけたようなものから、うんざりするほどしつこいものまで、同性から声を掛《か》けられたことが何度かあるのだ。

郁海が思っていたよりずっと、同性間のそういうことに抵抗《ていこう》のない人間は多いらしい。ついでに深刻さも、誰もが抱《いだ》いているわけじゃないようだった。

「付き合ったことは？」

「僕、そういうの大っ嫌《きら》いなんです」

「嫌いなものが多いな」

笑みを含んだ声に、神経が逆立っていく。

「あなたのそういう態度も嫌いですから」

まるで口癖《くちぐせ》になってしまったように、他人に向かって嫌いだと言う自分に、郁海自身が驚《おどろ》いていた。

むしろ加賀見のほうが平然とそれを聞いている。

「その割には警戒心《けいかいしん》が薄《うす》いな。そんなものは持たなくていい人間もいるが、君の場合はもう少し注意する必要があるんじゃないか」

「別にそうは思いませんけど。だって、今までだって問題はなかったし」

告白もナンパも断ればいいだけだ。多少しつこい輩《やから》だって、きっぱり断って、後は無視していればそのうちいなくなるものだ。

けれども加賀見はデキの悪い子供を見るような目で郁海を見つめた。

「それで済んできたのか。どうやら君の近くにいた連中は、ずいぶんとお行儀《ぎょうぎ》がよかったらしいね」

「どういう意味ですか」

「実力行使をするやつはいなかったんだろう?」

とっさに意味が掴めずに訝《いぶか》っていると、急に顔が近づいてきた。

あ、と思ったときには加賀見の唇《くちびる》が郁海のそれに触《ふ》れていて、実にあっさりと端整《たんせい》な顔は離《はな》れていった。

かすめ取っていくようなキスだった。

郁海は言葉もなく、口を手で押さえて加賀見を見つめた。

「たとえば、こんなこととか」

「し……信じられないっ！」

気が付いたら抱《かか》えていたクッションを摑んで振りかざし、加賀見を殴《なぐ》りつけようとしていた。

だが隙《すき》だらけのその動きを黙《だま》って見ている男でもなく、クッションを持ったほうの腕はあっさりと大きな手の中に捕《と》らえられる。

「放っ……」

引き倒《たお》されるまま、郁海はソファに倒れ込み、上から押さえつけられた。

「こういうことも、十分に有り得るわけだ」

言いながら加賀見はぱっと手を離して笑う。

自由になった途端《とたん》に飛び起きて、郁海は階段を駆《か》け上がった。

これ以上加賀見と喋《しゃべ》っていたら神経が焼き切れそうだ。人をオモチャにして遊ぶにもほどがある。

脱兎《だっと》のごとく逃《に》げ出す郁海を見つめる加賀見は、しかしながら兎《うさぎ》ではなく別の動物を思い描《えが》いていたようだ。

「毛が逆立ってるぞ」

実に楽しそうな声を背中で聞きながら、郁海は自分の部屋に飛び込んで、できるだけ乱暴にドアを閉めてやった。

ドアを背に、はぁはぁと息をする。

(信じられない、信じられない……!)

あれはもう立派なセクハラだ。

何としてでも田中に連絡《れんらく》を付けて、あの男を辞《や》めさせてやる。

いくら手駒《てごま》がないと言っても、どうしても嫌《いや》だと訴《うった》えれば承知するはずだ。郁海におとなしく暮らしてもらうために、今までほとんどの要求を受け入れてきたように。

外への連絡手段は一つだけだ。

そのチャンスを逃《のが》すまいと、郁海はドアの前に座り込んだ。

隣のドアが開き、そして閉じられる。

もうすっかり日は落ちて、カーテンの向こうには恐《おそ》ろしい暗闇《くらやみ》が広がっている。静寂《せいじゃく》の中で耳を澄《す》ませていれば、些細《ささい》な音でもよく聞こえることを、ここへ来て郁海は初めて知った。

加賀見が廊下《ろうか》を歩き、階段を下りていく。リビングを横切り、少し経《た》ってから、ドアを開閉する音がした。

それでも辛抱《しんぼう》強く待っていると、かすかにシャワーの音が聞こえてきた。

郁海はすぐに動き出した。まずはそっと加賀見の部屋に入り、目的のものを探すために引き出しやクローゼットを開けて回る。

充電器《じゅうでんき》はサイドテーブルの上に置いてあるものの、肝心《かんじん》の電話本体がない。

（もしかしてずっと持ってるとか……）

だとしたら今しかない。郁海は部屋を出ると、階段を急いで下りて、忍《しの》び足《あし》でバスルームへと向かった。

シャワーの音は続いている。

洗面所のドアを静かに開け、中の様子を窺《うかが》った。

バスルームの扉《とびら》は幸いすりガラスで、加賀見に見られる不安はない。郁海は物音を立てないように中へ入り、加賀見が腕《うで》時計と一緒《いっしょ》に置いた携帯《けいたい》電話を手に取った。

二つ折りのそれを開くと、ロックがかかっていた。

思わず顔をしかめたとき、扉越《とびらご》しに声がした。

「ロックナンバーのヒントをやろうか？」

ぎくりとして、あやうく手にした携帯電話を取り落とすところだった。

返事のしようもなく、郁海は携帯電話を戻《もど》して脱衣《だつい》所を後にした。悔《くや》しくて、パジャマの裾《すそ》をぎゅっと握《にぎ》りしめた。

部屋に戻って、ベッドに潜《もぐ》り込む。

寝《ね》るには早すぎる時間だったが、迂闊《うかつ》にふらふらしていたら加賀見に捕《つか》まって揶揄《やゆ》されるのがおちだから、顔を合わせないためにも引き籠《こ》もることにした。

思っていたよりも加賀見はずっと周到《しゅうとう》だった。郁海が外へ連絡を取ることはできないということだ。

だがチャンスがなくなったわけじゃない。ここでの生活が長引けば、定期的に食料が届けられるはずだ。現に、昨日は勉強道具を始めとして、追加の服や食料が運び込まれていたが、残念なことに明け方だったらしく、郁海は平和な眠《ねむ》りの中にいた。

とにかく誰《だれ》かが来ることは確かなのだから、注意してそのときを狙《ねら》えばいいのだ。

やがて階段を踏《ふ》む足音が聞こえてきて、少しずつ近づいてきた。隣《となり》の部屋の前で止まるはずのそれは、そのまま加賀見の部屋の前を通り過ぎて郁海の部屋の前で止まった。

軽いノックの音は無視した。

「ちょっといいか？　起きているんだろう？　入るぞ」

それでも無視をしていると、本当に加賀見はドアを開けて中へと入ってきた。

この男を相手に狸寝入《たぬきねい》りをしても無駄《むだ》に違《ちが》いない。バレているんだろうし、仮に本当に眠っていたとしても、用事があったら容赦《ようしゃ》なく起こしそうな気がする。

郁海は羽布団の上掛《うわが》けをはね上げるようにして、勢いよく上体を起こした。

加賀見はパジャマ姿で、壁《かべ》に凭《もた》れていた。別荘《べっそう》の中はエアコンや床暖房《ゆかだんぼう》がよく効いていて、薄着《うすぎ》でいても平気なくらいなのだ。

「何で勝手に入って来るんですか！」

いくら何でも、これは勝手すぎる。仮の住まいとはいえ、ここは紛《まぎ》れもなく郁海の部屋なのだし、他人がずけずけと踏み込んでいいはずがない。

そう思って睨《にら》みつけていると、加賀見は当然のように返してきた。

「君だって、無断で私の部屋に入っただろう？　おあいこじゃないかな」

「っ……」

思わずぐっと言葉に詰《つ》まった。加賀見は自分の部屋を覗《のぞ》き込みもせずにまっすぐここへ来たはずなのに、どうして郁海が忍び込んだことを知っているのだろうか。

そう疑問を抱《いだ》き、すぐに答えを見つけだした。

携帯電話を探していたことに気づいていたのだから、その結論が出るのは当然かもしれない。だとすれば、今のは半ば当てずっぽうだったわけだ。

「図星か」

空とぼけていれば良かったのに、自ら白状してしまったようなものだった。

郁海は歯噛《はが》みをしたいのを堪《こら》えて、大きく息を吐《は》き出した。そこまでバレているのならば、もう開き直るしかなかった。

「電話させてくれって言ったって、だめだって言うじゃないですか」

「かけても田中氏は出ないよ」

「そんなこと知ってます。でも、あなたに伝言を頼《たの》むよりはまだマシです」

「ああ……私をクビにしろって？　まぁ、そうだね。伝わるかもしれないが、希望は通らないだろうな。今のところ後任はいない。だから、私が辞《や》めさせられることもない。まして、こんなときだからね」

だから諦《あきら》めろと言わんばかりだった。言葉にはしなくても、加賀見の視線や表情がはっきりとそう語っていた。

「よほどの理由がないと難しいな。今までのように『気に入らない』では、とても通用しないと思うがね」

「理由……」

この状況《じょうきょう》下でも、加賀見の代わりを寄越《よこ》さなくてはいけない理由。あるいは郁海を一人にしてくれるのでも構わない。とにかく、加賀見を郁海の側《そば》に置いておけない理由さえこじつければいいのだ。

粗《あら》を探して加賀見を見据《みす》えているうちに、昼間のことを思い出した。

郁海はセクハラを受けたのだ。これは理由になるんじゃないかと目が輝《かがや》いた。

「加賀見さんがセクハラするって言います」

「セクハラねぇ……」

特に驚《おどろ》いた様子も、まして焦《あせ》った様子も見せずに加賀見は呟《つぶや》いた。単に表情に出していないだけなのか、それとも予想していたのかはわからない。

はっきりしているのは、相変わらず彼には余裕《よゆう》があるということだ。

「襲《おそ》われたって言います。加賀見さんと一緒にいると怖《こわ》いって、泣き落としてでもあなたのこと辞めさせてやる……！」

「なるほど……それは効くかもしれないな」

余裕の態度は変わらない。どうせ本当に言うはずがないと高をくくっているのがありありと見えた。

「本気ですから」

「まぁ……止めないけどね。ただ、濡《ぬ》れ衣《ぎぬ》はごめんだな」

そう言いながら、加賀見は壁から離《はな》れてこちらに歩いてきた。

ゆっくりと近づくにつれて、郁海は無意識にじりじりと後ろに下がっていく。それは本能的な行動だった。

「どうせ襲われたことにされるなら、本当にしないと損だろう？」

ベッドサイドに立った男が、自分に向かって手を伸《の》ばしてきたとき、郁海は反射的に反対側へと逃《に》げを打っていた。

床《ゆか》に足を着きかけたのに、凄《すご》い力で引き戻された。

背中から抱き込まれ、そのまま俯《うつぶ》せの形で組み敷《し》かれる。体重を掛けられて、抵抗《ていこう》はもがく程度のものにしかならない。

「変な冗談《じょうだん》やめてくださいっ!」

「あいにくと本気でね。子供に手を出すのは多少気が咎《とが》めるんだが、私はそのあたりのモラルに欠ける男なんだよ。君にとっては運の悪いことにね」

昼間の続きかもしれないという希望を、加賀見の言葉は打ち砕《くだ》いた。

「やっ……」

肩《かた》から引き抜《ぬ》くようにしてパジャマを引っ張られ、ボタンがいくつか弾《はじ》けるのがわかる。摑《つか》まれた両腕《りょううで》が背中で一つにまとめられ、袖《そで》を使って解《ほど》けないように縛《しば》り上げられた。

さっと血の気が引いた。

他人の手によって押さえつけられ、自由を奪《うば》われることが、こんなに怖いものだとは思わなかった。

「それに、君も実際に被害《ひがい》を受けたほうがリアルに訴《うった》えやすいだろう?」

郁海は必死にかぶりを振《ふ》った。

「い、言わないっ! 言わないから……!」

「人をさんざん挑発《ちょうはつ》しておいて、今さらそれはないんじゃないか」

こんなときだって加賀見の声は笑っているそれだった。郁海の反応を十分に楽しんで、そして行為《こうい》自体を楽しんでいる。

挑発なんてしていない。そう訴えても、加賀見は軽くそれを流すばかりだ。

必死で腕を解こうとしても、手首に絡《から》んだ布は一向に外れてくれない。そうこうしているうちに、加賀見の手によってパジャマのズボンを引き下げられた。

「嫌《いや》だっ……！」

阻止《そし》することもできないまま、下着ごと奪い去られる。足をばたつかせて抵抗しても、俯せに押さえられたままでは自《おの》ずと限界があった。身を捩《ねじ》ろうとするのさえも、押さえつけられて叶《かな》わない。

引き起こされて、逃げようともがく身体《からだ》は背中から抱き込まれる。加賀見の脚《あし》の間に座る形で、腕が前へと回された。

他人になど触《さわ》らせたこともない場所に、長い指が絡みついた。

とっさに膝《ひざ》をあわせても意味はなく、むしろそこを捕《と》らえられたことで、無意識に抵抗がひかえめになってしまう。

「う……」

人を縛って好きにしているというのに、指の動きはむしろ優《やさ》しく、ソフトだ。

だから郁海の身体はその刺激《しげき》を無視できない。自分で自分を慰《なぐさ》めるときより、ずっと快感が鋭《するど》くて、力が抜けていきそうになる。

郁海は唇《くちびる》を噛《か》みしめて、落ちまいと必死になった。

意識を別のところへ向けようと努力しているのに、それはちっとも叶わずに、すべての神経が身体の中心に集まってしまっている。

首に柔《やわ》らかなものが触《ふ》れたかと思うと、強く吸い上げられた。

空いた手は胸や腹のあたりをまさぐって、やがて薄《うす》く色づいた粒《つぶ》で止まると、そこを弄《いじ》り始める。

「っ……く……」

身体の中に、どんどん熱が溜《た》まっていくのがわかる。

指先までじわじわと快感が走り、肌《はだ》が上気して、呼吸が荒《あら》くなっていった。

感じているのだ。それは否定のしようもなく、郁海の身体が雄弁《ゆうべん》に語ってしまっている。

声を出すまいとしているのはせめてもの意地だけれど、我慢《がまん》しているせいか、快感はつらいくらいに郁海を苛《さいな》んでいた。

胸を弄っていた指がすっと上がり、唇に触れた。

なおもきつく噛みしめていると、痛いほど顎《あご》を摑まれて、思わず口を開いた隙《すき》に長い指を差し込まれた。

「んっ……ぅ……！」

口の中で他人の指が好き勝手に動き回っているのは、ひどく不快だった。閉じられない口の端《はし》からは、透明《とうめい》なしずくが流れ出して、それが顎を伝い、首を流れ落ちていくのも何とも言えない気持ち悪さだ。

いやいやをするように郁海は小さくかぶりを振ったが、口に入っていない指で顎を摑まれていてままならない。

嚙みついてやれば引き抜かれるかと指に歯を立てたものの、まるで構うことなく蹂躙《じゅうりん》し続ける加賀見に、結局郁海のほうが負けてしまった。ある程度まで強く嚙んだところで自分が怖くなったのだ。

意気地がない。こんなことをしている男の指なんて、どうなっても構わないはずなのに。

「っぁ……ふっ……」

指先で弄《もてあそ》ばれて、びくびくと身体が跳《は》ね上がる。

「腕は痛くないか？」

耳元で意外なほど優しい声がして、郁海は自分でも情けないと思うほど弱々しく言った。

「痛い……」

本当は痛くもないのに、甘えるような声になっていた。拘束《こうそく》を解いてもらうための計算ではなかった。

耳元で加賀見は嘆息《たんそく》し、それから縛ったシャツを解き出した。

あまりに意外で郁海は目を瞠《みは》る。まさかこんなにあっさりと自由にしてもらえるとは思ってもいなかった。

腕を縛っていたシャツは本当に解かれて、圧迫《あっぱく》感がなくなった。

痺《しび》れかけた腕には少し赤く痕《あと》がついていたが、加賀見はそれを拾い上げ、恭《うやうや》しいほどのしぐさで唇を寄せてきた。

驚いて引っ込めようとしても、びくともしない。

舌先が手首に触れたとき、電気が走ったような感覚が生まれ、思わず驚いて顔をしかめてしまう。

だが不快感ではなかった。むしろその正反対にあるものだった。

心臓が早鐘《はやがね》を打っていた。

「か……加賀見、さん……？」

肩越《かたご》しに、郁海はそろりと加賀見を振り返る。

意図がまるでわからなくて、かえっておどおどしてしまう。本当はもっとまずい状況《じょうきょう》が用意されていて、まんまとそれにはまったんじゃないかと不安になった。

目が合う前に、頬《ほお》に口づけられた。

思わず首を竦《すく》めたものの、嫌だとは思わなかった。

剝《む》き出しになって冷えた肩を抱《だ》きしめられて、自然と溜《た》め息《いき》が漏《も》れる。その意味さえ郁海はよくわかっていなかった。

繰《く》り返し何度もキスされる。

頰やこめかみ、それから耳や首と、啄《ついば》むように触れる唇はひどく優しくて、その心地《ここち》よさに身体も気持ちも弛緩《しかん》していく。

されるままにしている自分が不思議だった。

そっとベッドに横たえられて、郁海はどうするべきか迷った。逃げ出すならば今だろうが、加賀見がそれを許すほど甘いとも思えないし、逆らったらまた縛られる可能性は高い。

どうしよう、と思っている間に、ゆっくりと端整《たんせい》な顔が近づいてきた。

ぎゅっと目をつぶったのと、唇が塞《ふさ》がれたのは同時だった。

舌先が唇の隙間《すきま》から入り込んできて、郁海は身を硬くしながら歯を食いしばっていた。歯列を舐《な》められ、ぞくぞくする感覚が奥底から這《は》い上がってくる。

加賀見は無理に口をこじ開けるようなことはしなかったが、強張《こわば》りが少し緩《ゆる》んだと見るや、少しばかり強引に舌を差し入れてきた。

「ん……っ……」

昼間の掠《かす》めるようなキスとはまったく違《ちが》う。だいたいあれだって、郁海にとっては初めてのようなものなのだ。幼稚園《ようちえん》の頃《ころ》に同じ組の園児としたキスをカウントしていいならば、二度目になるけれど。

そう言えば昼間も嫌だとは思わなかった。いきなりで驚《おどろ》いたし、怒《おこ》りもしたが、嫌悪《けんお》感はまったくなかった。

今もそうだった。

気持ちまで搦《から》め取られそうな深いキスに、思考力が奪《うば》われて、理性が侵食《しんしょく》されていく。怖《お》じ気《け》づいて逃《に》げる舌を捕らえられ、強く吸われた。歯の付け根をなぞられたり、舌を搦め取られたりしているうちに、頭の中がぼうっとしてくる。

気持ちがいいのだと気づくのには時間がかかった。

身体中から力が抜《ぬ》けきって、意識に甘く霞《かす》みが掛かる。

名残惜《なごりお》しそうにゆっくりと離《はな》れた唇は、そのまま頬に触れ、顎を伝って首に落ちた。小さく吸われて、軽く歯を立てられて、舌でなぞられる。

「……ぁ……」

いつの間にか指が胸に戻《もど》って遊び始めても、郁海は再び口を閉ざすことなく小さな喘《あえ》ぎ声をこぼしていた。

気持ちが良くて、魔法《まほう》にかかったみたいに抵抗《ていこう》ができない。

理性が必死で抵抗しろとか逃げろとか訴《うった》えているが、それは他人《ひと》ごとのように思えて仕方がなかった。

加賀見もキスも愛撫《あいぶ》も、すべてが夢の中の出来事のようだ。肌の上を滑《すべ》る唇が、やがて胸の突起《とっき》に辿《たど》り着く。パジャマはすっかり脱《ぬ》がされてしまい、郁海は全裸《ぜんら》になっていた。

音を立てて吸われ、舌先で転がされ、じんわりとした甘い痺れが生まれる。

経験したことのない感覚だった。

「あっ……ぁ、ふ……」

甘いその声は、自分が出しているんじゃないみたいだ。

こんなのはおかしい。男の自分が同性に裸《はだか》にされ、組み敷《し》かれ、キスをされて愛撫を受けているのに、抵抗一つしていない。

おかしいと思っていても、そんなことはどうでもいいと無視するほうが大きくて、まるで合意したみたいに加賀見の好きにさせている。

力で押さえられれば郁海だって反発できたのに、加賀見は故意に優《やさ》しく扱《あつか》うことで抵抗を封《ふう》じているのだ。

最初はわざと強引に、そしてその後で恭《うやうや》しいほどに丁寧《ていねい》に触れて。

これは加賀見の手だ。引っかかってはいけないと自分を奮い立たせ、郁海はうっすらと目を開けると、投げ出した腕《うで》を持ち上げて加賀見の肩《かた》を押しのけようとした。

だがそれを邪魔《じゃま》するように、もう片方の粒が指先できゅっと摘《つま》まれる。

「っん……！」

ぷっくりと尖《とが》ったそこに舌が絡《から》むと、陶然《とうぜん》とするような快感がじわじわと染《し》みていき、腕に力が入らない。

男にこんなことをされて気持ちよくなっているのが信じられなかった。

まして生理的な嫌悪感もありはしないのだ。あるのは戸惑《とまど》いと羞恥心《しゅうちしん》と、いくばくかの恐怖《きょうふ》、そして同性との行為《こうい》に対する後ろめたさだった。

ぴちゃぴちゃと、湿《しめ》った音が耳さえも刺激《しげき》する。

加賀見は執拗《しつよう》に胸のあたりを愛撫していたが、やがて少しずつ郁海の身体《からだ》に沿って下のほうへと移っていった。

なめらかな肌《はだ》にキスの痕《あと》が残り、それは確実に下腹部に及《およ》び始めている。

先ほどは途中《とちゅう》で放り出されたところへ、加賀見はためらうこともなく唇《くちびる》で触《ふ》れた。

「やっ……ぁ……」

温かく湿ったものが敏感《びんかん》な部分に触れて、郁海はびくんと大きく背を浮《う》かせ、きつくシーツを握《にぎ》りしめた。

手で触《さわ》られたときよりも、ずっと快感は深くて、ねっとりと絡みつくように濃《こ》かった。

濡《ぬ》れた音がしている。

郁海は潤《うる》んだ目を薄《うす》く開き、自分の脚《あし》の間に加賀見が顔を埋《う》めていることを知った。

大きく目を瞠り、全身を硬直《こうちょく》させる。

「や、いやだ……っ」

「いい子にしていなさい。そうすれば、気持ちよくなれる」

「ぁん……んっ」

口の中に含《ふく》まれて、郁海は何度もかぶりを振《ふ》った。

さすがに他人に銜《くわ》えられるというのは、キスすら初めてだった郁海にとって少しばかり刺激が強すぎる。

だからといって、この状態で抵抗などできない。

急速に追いつめられて、腰《こし》が震《ふる》えた。

心臓が暴れ、耳にまで鼓動《こどう》が聞こえて、そこに自分の声がまじっている。

相変わらず現実感が薄くて、だからこそ感じることに対するためらいも少なくて済んでいるのかもしれない。

終わりが近い。何とか加賀見を引き剝《は》がそうとした手は、邪魔だとばかりに摑《つか》まれて、身体の両脇《りょうわき》に縫《ぬ》い止められた。

扱《しご》かれて、舌先で先端《せんたん》を抉《えぐ》るようにつつかれて、身体が魚のように跳《は》ね上がった。

「やだっ……放……し……」

懇願《こんがん》は途中で嬌声《きょうせい》に変わった。

強く吸い上げられて、頭の中が真っ白になる。

シーツから背を浮かせるようにしならせて郁海は達し、それから崩《くず》れるように全身を弛緩《しかん》させた。

荒《あら》い息をつきながら、郁海は焦点《しょうてん》の合わない目で宙を眺《なが》めている。頬《ほお》は紅潮し、白い肌もピンクに染まって、しっとりと汗《あせ》ばんでいた。赤《あか》ん坊《ぼう》のように柔《やわ》らかい肌だった。

加賀見は口に含んだものを指に取り、唇を舌で舐めると、力なく投げ出された細い脚に手をかける。

無防備な唇にキスをして、深く舌を絡めた。

濡らした指を脚の間に忍《しの》ばせて、最奥にゆっくりと近づいていく。

郁海はキスに夢中で、下肢《かし》のことには気が付いていないようだった。まして弛緩した身体には余計な力が入っていない。

濡らした指を静かに奥へと沈《しず》めていく。

「ん……っ」

びくりと舌が震えて、郁海は目を開けた。

加賀見は唇を離し、間近からその表情を眺め、口《くち》の端《はし》に笑《え》みを刻んだ。

「な、に……」

戸惑いの中にかすかな怯《おび》えが見えていた。

その様子は実に初々《ういうい》しく、加賀見の中には、もっとその様子を見たいという気持ちと、怖《こわ》がらせないようにしたいという気持ちが、同じくらいの強さで混在していた。

潜《もぐ》り込ませた指を動かすと、大きな瞳《ひとみ》がさらに大きく見開かれる。

「や……や、だっ」

逃げだそうとするのを押さえつけ、宥《なだ》めるようにキスをした。

「大丈夫《だいじょうぶ》だ。痛くはないだろう？」

「ない……けど……」

「けど？」

言いたいことはわかっていたが、わざとわからない振りをして尋《たず》ねる。

普段《ふだん》だったら、その気配を敏感に察して神経を尖《とが》らせる郁海だったが、今はそんな余裕《よゆう》もないらしい。

ひどく恥《は》ずかしそうに、そして強く戸惑《とまど》いながら、縋《すが》るような目で加賀見を見つめた。

もっとも見つめたといっても、まっすぐに見ることができず、ちらりと一瞬《いっしゅん》だけ視線を送ってきただけだった。

強がって毛を逆立てているのも可愛《かわい》らしいが、こういうのもまたいい。

さんざんためらってから、郁海は蚊《か》の鳴くような声で言った。

「そんな、とこ……」

言葉の代わりに小さく何度もかぶりを振るのは、だめだという意思表示だ。恥ずかしいとか怖いとか、そういったことは言わずに、あくまで「だめだ」と言う。

懇願ではなく、非難の形を取るのが何とも郁海らしい。

加賀見は口元に笑みを刻みながら、後ろの指を中で蠢《うごめ》かせた。

郁海が泣きそうな顔をするのが微笑《ほほえ》ましかった。

「知らないのか？　ここは気持ちがいいんだよ」

「でもっ……」

「証明してあげようか」

間近で微笑んでやりながら、加賀見は探るように内側の壁《かべ》に触れていく。

「ひぁっ……！」

指の腹を上にして、目的の場所を確かめると、華奢《きゃしゃ》な身体がびくんと大きく跳ね上がった。

まるで電流を当てられたみたいな反応だ。

郁海はこぼれ落ちんばかりに目を瞠《みは》り、それから怯えたように加賀見を見つめた。自分の反応が信じられなかったようだ。

「特に……ここ、だろう？」

「や、いやぁっ……」

今度は軽く撫《な》でるだけに留《とど》めたが、郁海は悲鳴を上げて腰を捩《よじ》り立てた。

泣きそうな顔に快感を色濃《いろこ》く浮かべているのは、予想以上に官能的だった。

色気も素っ気もないと思っていたのに、なかなかどうして目を楽しませてくれる。まだ子供だと思っていたが、ずいぶんといい顔をするものだ。

感じると背が浮いて、胸を突《つ》き出すような恰好《かっこう》になる。わずかなものだが、それに誘《さそ》われるように、もう一度胸の粒《つぶ》を唇に含んだ。

控《ひか》え目《め》な色をしていたそこは、さんざん口や指で弄《いじ》られて赤く濡れていた。

「やだ……やっ……」

郁海はそればかりを繰《く》り返し、壊《こわ》れたオモチャみたいに何度も何度も首を横に振る。半ばもう泣いているようだ。

目の前にいるのは〈雇《やと》い主の子供〉である。本来ならば、こんな真似《まね》をして許されるはずがないし、する気もなかったというのに。

加賀見は自嘲《じちょう》しながらも、ちゅっと音を立てて乳首を吸った。

「あ……ん……っ」

実際に抱《だ》いてしまえば郁海はそれを誰《だれ》にも言えない。からかい半分にそう言ったつもりだったのに、本当にそこへ付け込んでしまった。

倫理的《りんり》にも法律的にも犯罪行為《こうい》だという事実すら、加賀見のブレーキにはならなかった。

幸いにして、郁海は同性にされることに対する嫌悪感《けんお》というものはないらしい。

だからといって、抱かれたがっていないのは承知しているし、嫌《いや》だと訴《うった》えているのは本気だともわかっている。一方で抵抗《ていこう》らしい抵抗がないのも事実で、加賀見が自主的にやめてくれないかと願っているのが手に取るようにわかった。

逃《に》げるのが怖いのだ。下手に暴れてまた縛《しば》られたり、怒《おこ》らせてひどいことをされるのを恐《おそ》れている。

そう思うようにしたのは加賀見である。最初は縛って自由を奪《うば》っておいて、それを解《ほど》いて優《やさ》しくした。

おかげで郁海の頭の中には、従順であれば許してもらえるんじゃないかという期待感がしっかりと根付いてしまったようだ。

もちろん、次々と与《あた》えられる快感に半ば酔《よ》ったようになっているのも大きな理由だろう。

何しろ若い。幼いといったほうがいい歳だし、他人《ひと》に触《ふ》れられる経験も、これが初めてなのだろう。

「んっ、や……っぁ……」

ひっきりなしにこぼれる声は甘く、加賀見が与える刺激《しげき》にあわせて足の先がもがくように動いては、シーツの皺《しわ》を刻々と変えていく。

くちゅくちゅと、指がいやらしい音を立てて出し入れされ、郁海のそこが少しずつ綻《ほころ》んでいくのがわかった。

快感に弱い身体《からだ》だ。

真っ白な素材に色を付けるのは、思いのほか楽しいことだと知った。

指を増やし、郁海の様子を見ながら、深く沈めたりぎりぎりまで引き抜《ぬ》いたりを繰り返し、そこを広げていく。

狭《せま》いその場所に加賀見を受け入れるのはきついだろうと思う。

思うが、今さら歯止めは効《き》かないし、効かせる気もまったくなかった。

加賀見は自分でも呆《あき》れるほど長く、指で郁海を犯《おか》し続けた。

甘い喘《あえ》ぎは、胸への執拗《しつよう》な愛撫《あいぶ》のせいだろう。明らかに初めてだろうに、郁海はすでにここで喜べるようになっているのだ。

キスを胸から唇《くちびる》へと移しながら、ゆっくりと指を引き抜いた。

舌を絡《から》めながら、細い脚《あし》の間に身体を入れて、腰《こし》を抱《かか》え上げる。

郁海はまだ何をされようとしているか気づく様子も見せず、加賀見とのキスに夢中になっていた。

唇を離《はな》し、脚を肩《かた》に担《かつ》ぐような恰好で、加賀見は入り口に自分の高ぶりを押し当てて少し先を含《ふく》ませた。

「やぁっ……」

「少し我慢《がまん》してくれ」

「あ、あぁっ……！」

一番きついのは最初の頃《ころ》だとわかっているから、郁海の腕《うで》を上から抑《おさ》えておいて、途中《とちゅう》まで一気に押し入った。

悲鳴と共に、目が大きく見開かれる。

何をされているのか、自分の中に入ってきているものが何なのか、郁海は正確に理解したらしい。

「やだ……ぁ……そん、な……こと……っ」

「嫌だと言われてもな」

だいたいセックスをしていれば、行き着く先はわかりそうなものだが、郁海は男同士で身体を繋《つな》ぐという行為をまったく考えていなかったようだ。

抵抗が薄《うす》かったのも当然かと思う。

「痛いか？」

「……い……たい、よっ……」

「だが、我慢できないほどじゃないだろう？」

様子を見ていればそのくらいのことはわかる。ひどく痛んだりはしないようにしてやったのだから、そうでなくては困るというものだ。

「あっ、あ、あ……！」

腰を進めようとするが、余計な力が入って拒《こば》まれてしまう。それでも息を吐《は》き出すタイミングを見て、じりじりと腰を進めると、郁海は掠《かす》れた声を上げた。

自由になった腕で必死に加賀見の肩を押しながら、必死でかぶりを振《ふ》ってくる。

「も……無理……っ、入らな……」

「まだまだ、だぞ」

「う、そ……」

信じられないと郁海は泣きそうな顔をする。

予備知識が豊富とは言えないのに異物を入れられているわけだから、半ばパニックを起こしても不思議ではないのかもしれない。

加賀見は宥《なだ》めるように頬《ほお》を撫で、汗《あせ》で張り付いた髪《かみ》をかき上げてやると、郁海が喜ぶ場所に指を絡めた。

「ぅんっ……」

力が抜けたその隙《すき》に最後まで郁海を貫《つらぬ》いた。

小さく悲鳴が上がり、とうとう涙《なみだ》をこぼしながら、加賀見の腕を摑《つか》んだ手にぎゅっと力が籠《こ》

もる。

それでも柔《やわ》らかな身体はこんなところまで柔軟《じゅうなん》にできているものか、明らかに初めてだというのに、内部は加賀見に馴染《なじ》んでいた。

やがて指先が少し開いたのを見計らい、汗ばんだ肌《はだ》を撫でながら、そっと尋《たず》ねた。

「大丈夫《だいじょうぶ》か？」

「……じゃ、ない……も、やだ……」

薄い胸が上下して、呼吸の荒《あら》さを知らせてくる。

「これは困ったな。これからなんだが……？」

「だって……こんなの、変……だよ……」

普段《ふだん》の空々しい敬語も忘れ、拗《す》ねたような口調になっているのが可愛《かわい》くて、加賀見は余計に郁海が欲しくなる。

「男同士は、こうやってセックスするんだ」

「やだって……言ったのに……っ」

泣く子には勝てないというが、それはあながち間違《まちが》いでもないらしい。

けれども今さらやめることもできなくて、加賀見は後でたっぷりと宥めることを予定に入れながら、ゆっくりと腰を使い始めた。

これ以上は待てないというのが正直なところだった。

「いやだっ……てば……ぁ……」

ぎりぎりまで引いて、奥まで穿《うが》つ。

その繰《く》り返しに、郁海はひたすら嫌だと言ってかぶりを振った。最初はまぎれもなく本気の響《ひび》きだった。

けれども、感じるところを愛撫してやりながら揺《ゆ》さぶっていると、郁海の「いや」が別の意味合いを含むようになってきた。

否、意味をなくしたと言ったほうがいいかもしれない。

加賀見の腕を掴む指先が震《ふる》え、眉根《まゆね》を寄せて何かに耐《た》えるような顔を見せる。

掠れた息には確かに甘いものがまじり、内部は自ら意思を持ったように加賀見自身に絡みついてきた。

「いやっ……いやぁ……」

明らかにそれは嬌声《きょうせい》であって、拒絶《きょぜつ》の意味は持っていなかった。

試しに愛撫の手を止めても、郁海は気持ちよさそうに喘ぎ続ける。

どうやら後ろで感じているらしい。これはよほど素質があったか、相性がよかったということだ。

口元には自然と笑《え》みが浮《う》かんだ。

すんなりと伸《の》びた脚を肩から下ろし、膝《ひざ》が胸につくほど身体を折ってやって、より深く郁海を抉《えぐ》る。

「ぁんっ……！」

触《ふ》れてもいないのに郁海の前は快感を示す反応を見せている。

腰を摑んで揺さぶれば、悲鳴に近い声が上がり、それからまた「いや」だと何度も繰り返した。

こういう場合は「いい」と言うのだと、そのうち教えてやらねばいけない。

脚を広げさせ、腕に掛《か》かった手を首に導くと、縋《すが》るようにしがみついてきて、それが胸の中の愛《いと》しさを呼び覚ました。

そろそろ加賀見の終わりも近い。

一緒《いっしょ》に、なんて思うほどセックスに夢を見ているわけではないはずなのに、恥《は》ずかしいことに今はそれを望んでいた。

放っておかれた郁海の前を手で包み、解放に向かって煽《あお》り立てる。

「あああぁっ……！」

指先で導けば、素直《すなお》な身体は絶頂を迎《むか》え、加賀見を飲み込む後ろをきつく締め付けてきた。

「っ……」

深い快感と共に、郁海の中に自らの欲望を叩《たた》きつけ、びくびくと震える身体を自然に抱《だ》きしめた。

腕の中で——身体の下で、と言ったほうがいいかもしれない——、郁海はぐったりと力をなくして細い手足を投げ出している。

意識があるのかどうかもわからなかった。

「郁海くん……？」

呼びかけても返事はない。

ただ唇《くちびる》がかすかに動き、まつげの先が震えただけだった。

こうして目をつぶっていると、意志の強そうな光が見えないせいか、とても甘くて柔らかい雰囲気《ふんいき》になる。

まるで砂糖菓子《がし》みたいに。

先ほどまでの官能で濡《ぬ》れた目も、ひどく魅力的《みりょく》だったが、この様子も可愛らしい。

もっとも一番は、やはり加賀見に突《つ》っかかってくるときの目だ。一見したところは勝ち気そうなのに、そこにはあからさまな無理があり、ふとした折りに隙だらけになってじっとこちらを見つめてくる。

頬を撫《な》でているうちに、規則正しい寝息《ねいき》に気が付いた。薄く開いた唇から、すうすうと気持ちが良さそうな息が漏《も》れている。

これは失神したと取るべきか、あるいは眠《ねむ》られてしまったと取るべきか。

加賀見は楽しげに苦笑を漏《も》らした。

「まぁ……どちらでもいいか」

その気はあったが、無理に起こして二度目をする趣味《しゅみ》もない。

焦《あせ》る必要はないだろう。

いくらそう仕向けたとはいえ、大した抵抗《ていこう》もなく最後まで抱かれて感じていたくらいだから、脈はかなりありと見て間違いない。

それにこのタイプは、肌を合わせると情が移るものだ。

まして郁海の場合は抱きしめてくれる腕《うで》に飢《う》えている。欲しがっていたのは父親のそれだが、年上の男の腕に錯覚《さっかく》を起こすことも考えられた。

どちらにしても一度意識してしまえば、こちらのものだ。

「犯罪だがね……」

リスクは大きいけれど、手放せそうもない。頭の片隅《かたすみ》でそう考えながら、加賀見は郁海の額にキスをした。


目を覚まして現状を把握《はあく》し、眠る前までのことを思い出して、郁海は一通り赤くなったり青くなったりと忙《いそが》しかった。

それが済むと、今度はしばらくの間、茫然《ぼうぜん》と宙を眺《なが》めた。

郁海は途方《とほう》に暮れていた。

肩《かた》まですっぽりと羽布団で覆《おお》われた中は、一糸まとわぬ姿である。感触《かんしょく》はまだ生々しく残っているし、身体《からだ》の奥にある異物感は痛みの一歩手前で鈍《にぶ》く疼《うず》いていた。

重くて怠《だる》くて、なのにどこか甘い。

(どうしよう……)

セックスしてしまったのだ。しかも男と。

どうしてろくに抵抗しなかったのかと、今頃《いまごろ》になってさんざん自分のことを責めてみた。思い返しても、あれでは望んでされたとしか思えない。

郁海自身でも思うのだから、加賀見は当然そう思っていることだろう。

(違う違うっ)

断じて違うはずだ。あれは下手に逆らってはまずいと考えたからであり、どうかしていたからだった。

そう、きっとどうかしていたのだ。でなければ、男にあんなことをされて平気でいられるはずがない。

だいたい加賀見が変に優しくするから悪いのだ。あんなふうに接してくるから、つい油断をして、何だかよくわからないうちに気持ちよくさせられてしまって、自分が自分ではなくなってしまったのである。

往生際《おうじょうぎわ》の悪いことを延々と考えながら、郁海は何度目かもわからない溜《た》め息《いき》をついた。

自分の気持ちが、自分でもよくわからなかった。

もっとショックを受けたり、傷ついたりしてもよさそうなものだし、あの行為《こうい》は本当だったら、暴力というカテゴリーで括《くく》っていいはずだった。

なのにそう言い切ってしまえなかった。

ショックは確かにあるけれど、それは犯《おか》されたという感覚とは微妙《びみょう》に違《ちが》っている。郁海が女の子ではないからかもしれないし、もっと別の理由があるのかもしれない。

だいたい「犯された」という言葉も、違うような気がするのだ。「襲《おそ》われた」ことは確かだが、加賀見が一方的に楽しんだわけじゃなく、それ以上に郁海の身体が喜ばされたという自覚はあった。

怖《こわ》いくらいの快感が存在することを、郁海は昨夜初めて知った。

まだ身体の芯《しん》に熱が残っているような気さえする。

怠くて怠くて動きたくないけれど、その疲労《ひろう》感はひどく甘ったるくて、それが郁海を余計に戸《と》惑《まど》わせた。

余韻《よいん》にうっとりとしている自分を否定できないのが怖い。

曖昧《あいまい》な感情は、まだはっきりとした形になっていなかったが、いくつかはっきりしていることがある。

加賀見の言った通り、今の郁海に「襲われた」などと訴《うった》える気概《きがい》はなかった。事実だから、言い出せなかった。

（これからどうしよう……）

一番の問題だった。

まだ加賀見と顔は合わせていないが、そのうちにあの男はこの部屋に入ってくることだろう。この別荘《べっそう》には加賀見と郁海の二人しかおらず、それがいつまで続くかはわからない。向こうがその気になったら機会はいくらでもあり、これから何度だって昨晩みたいなことをされてしまいかねないのだ。

それはやっぱりまずいと思う。

あんなことを何度もされたら、自分が変わってしまう気がしたし、加賀見を見たら意識してしまうだろう。

（いや、そういう問題じゃなくて……！）

本当はもっと根本的に問題視しなくちゃいけないことがあるはずだ。

男同士だし、相手はたぶん三十くらいで、郁海はまだ十五の高校生だ。それに恋愛《れんあい》関係にあるわけではない。加賀見の意図は知らないが、別に何も言っていなかったのだから、単に欲情したという程度なのだろう。

恋人《こいびと》というわけでもない高校生の男に、合意も取り付けずに手を出すなんて、いい大人としてどうかと思う。

では気持ちが伴《ともな》っていれば、いいのだろうか。

「……かなぁ……？」

考えても結論は出なかった。たぶんこれまでに郁海が直面した問題の中でも、かなりの難問だった。

ベッドの中でうんうん唸《うな》っていると、ドアの向こうから足音が聞こえた。

思わずびくりと全身が硬くなって、息を詰《つ》めてしまった。

足音がすぐ近くで止まり、軽くノックの音がした。

昨日と同じく無視を決め込んでいたが、やはり今日も構うことなくドアは開けられて、加賀見が入ってきた。

しばらく観察でもするように黙《だま》っていた加賀見は、やがてベッドサイドに腰《こし》を下ろした。

「起きないと、イタズラするぞ？」

「ひゃっ……」

はみ出した髪《かみ》に指を差し入れられて、郁海は逃《に》げるようにして飛び起きた。大きなベッドの反対端《はし》まで後ずさり、びくびくしながら加賀見を見つめる。

涼《すず》しげな顔は、一瞬《いっしゅん》昨晩のことが夢だったんじゃないかと郁海に思わせた。

けれども身体に残る様々なものが、現実だったことを証明していた。感覚も、肌《はだ》に残る痕《あと》もそうだ。

「おはよう。そんな恰好《かっこう》でいると風邪《かぜ》をひくよ」

にっこりと微笑《ほほえ》まれて、眉《まゆ》をひそめた。

この爽《さわ》やかさは一体なんだろうか。

詫《わ》びの一言もなければ、反省の色も見えない。自分ばかり綺麗《きれい》に身支度《みじたく》を整えておきながら郁海は全裸《ぜんら》で寝《ね》かせておいたのだ。

何が「そんな恰好」だ。腹立たしくなってきた。

「ほら、おいで」

「嫌《いや》、です」

「ちなみに君の服は、隣《となり》の部屋だ。ここは私の部屋なんでね」

「え……？」

言われてとっさにぐるりと中を見回したが、まったく同じ内装の上に私物を置いていないから、違いを見つけることはできなかった。唯一《ゆいいつ》の違いは窓の向こうにある木の配置だが、カーテンが閉まったままでは比べることもできない。

「君のベッドは、ゆっくりと眠《ねむ》れるような状態じゃなかったんで、ゆうべのうちにこっちに移したんだよ。かなり乱れていたからね」

「っ……」

カァッと頬《ほお》が熱くなる。

乱れていた……が、ベッドのことではなく、自分のことを指しているように聞こえてしまった。

「そういうわけで、もう一度ベッドに入ったほうがいいんじゃないかと思うんだが……」

「……自分の部屋に戻《もど》ります」

「持ってこいって命令すればいいだろう。昨日のことを盾《たて》にして、何でも言いつけたらいい。可能なことならば叶《かな》えてあげるよ」

優《やさ》しげな口調に、郁海は胡乱《うろん》な目を向けた。

可能なこと、という条件がついた時点で、「何でも」ではなくなるのではないだろうか。そうは思ったが口には出さなかった。

「とりあえず、パジャマでいいかな」

加賀見は自分のクローゼットを開けて薄《うす》いブルーのパジャマを取り出すと、郁海の元へ戻ってきた。

思わず逃げ腰になる郁海の肩にシャツを羽織らせ、あろうことかそのまま肩を抱《だ》いてきた。

「ちょっ……放してくださいっ！」

昨日の今日だ、スキンシップで納得《なっとく》できることじゃなかった。いつその先の行為に及《およ》ぶかと、びくびくしてしまう。

こめかみにキスされて、身体が過剰《かじょう》に跳《は》ね上がった。

「そんなに怖がらなくてもいいだろう」

「なっ……」

どの口でそんなことが言えるんだろうか。あるいは昨晩のことは、加賀見にとってその程度ということなんだろうか。

そうかもしれない。

逃げようとする郁海の腰を抱き寄せて、加賀見は暴れる手足を器用に押さえつけながら、くすくすと笑い声をこぼしていた。

「やだってば……っ」

「つれないな。セックスした仲なのに」

「そんなの勝手に加賀見さんがしたんじゃないですか！」

「まぁ、そうなんだが、それほど嫌がっているようには見えなかったよ。実際、気持ちがよかっただろう？　違《ちが》うとは言わせないぞ」

郁海はうっと言葉に詰まった。ここで反論なんてしようものなら、具体的な言葉で昨晩の郁海の様子を説明されてしまいそうな気がする。

いかにもやりそうだった。

「加賀見さんて……ホモなんですね」

非難を込めて睨《にら》んだつもりだったのに、上目遣《うわめづか》いになってしまい、そのせいか加賀見は目を細めて楽しそうに笑う。

「女性も好きだよ。好みなら、どちらでも」

だったら郁海は加賀見の好みだったということになる。

「……そうですか」

どうやら両刀遣《づか》いというやつらしい。郁海の中では無節操という枠《わく》で括《くく》られていたが、もうあまり人様のことをとやかくは言えなくなってしまった。

好きでもない相手に、しかも男にされて感じた事実は重くのし掛《か》かっている。

「大嫌《だいきら》いだと言っていた割には、いい反応だったな。だめなやつは、露骨《ろこつ》に気持ち悪がるものだが……」

「だめなやつ……？」

「生理的に同性を受け入れられない人間、という意味だよ。どうやら君は違うらしいな。あれだけよがっていたんだから、素質はあったってことだね」

「そ、素質っ？」

郁海は目を剝《む》いて声を上擦《うわず》らせた。

そんな素質は要《い》らない、と頭の中で叫《さけ》びながらも、その言葉の与える衝撃《しょうげき》にくらくらとしてしまった。

茫然《ぼうぜん》としていると、さらに追い打ちが掛かった。

「しかも最初から後ろで達《い》ったしね」

普通《ふつう》じゃないと言われた気がした。お前は自分で気が付かなかっただけで、本当はそういうのが好きなんだと。

昨日からのことで、それが一番ショックだった。

「……嘘《うそ》だ……」

加賀見の言うことなんて信用できない。

本当は誰《だれ》でもそうで、特別なわけじゃないかもしれないのだ。

郁海はそういうことをよく知らないのだから、出任せを言われても相手によっては頭から信じてしまうだろう。

「嘘は言っていないぞ。現に嫌じゃなかっただろう？　まぁ、相手が私だからということもあるだろうがな」

「何言ってるんですか」

「嫌いな相手に抱かれて感じるほど淫乱《いんらん》なのか？」

ずるい言葉を吐《は》きながら加賀見は笑った。

肯定《こうてい》などできるはずもないが、かといって否定をすれば、すなわち加賀見が嫌いじゃないということになる。

チェックメイトを食らった気分だ。どこへ逃《に》げても、負けが決まっている。

だから郁海は勝負を放《ほう》りだした。

「何であんなことしたんですか」

あからさまな話題の転換《てんかん》だったが、心から尋《たず》ねたいことでもあった。けれど、返ってきた言葉には唖然《あぜん》とさせられた。

「したかったから」

「……し……信じられないっ」

怒《いか》りでふるふると全身が震《ふる》えた。

言うにこと欠いて、「したかったから」はないだろう。だったらあんたは思いつくまま何でもするのか、と怒鳴《どな》ってやりたかった。

口には出さなくても気配で伝わったものか、加賀見は至極《しごく》のんびりとした口調で続けた。

「可愛《かわい》いし、美味《うま》そうなカラダだったし……まぁ、こんなところだな」

何も郁海は大層な期待をしていたわけじゃない。しかし、まるで他《ほか》に相手がいなかったから仕方なく、みたいな言われ方は腹が立った。

この感情は何だろうか。

(まるで、特別だったら構わないみたいじゃないか)

憮然《ぶぜん》として黙《だま》りこくっていると、加賀見はさらに言った。

「もう少し育つと、いい感じなんだがね」

育ってなくて悪かったな、と思う。

「ガキが嫌《いや》ならあんなことしないでください」

「誰も嫌だとは言っていないだろう。十分に好みのタイプだよ。ただちょっと、年齢《ねんれい》的な問題があるというだけでね」

そうだ。言われて初めて思い出したが、加賀見は弁護士なのだから、郁海のような少年に対して手を出すのがまずいということくらい十分に知っているはずだ。

「わかってて、あんなことしたんですか……っ？」

「もちろん」

「っ……」

あっさりと答えられて、二の句が継《つ》げない。問題があると言いながら、加賀見はまったくそれを問題だと思っていないようだった。

確かに発覚したら困るのだろうが、郁海だって他人から、男に犯《おか》された少年だなんて思われたくない。

郁海が泣き寝入《ねい》りするしかないのを見越《みこ》して、あんなことをし、今も平然と肩《かた》や腰《こし》を抱いているのだ。

もっとも泣き寝入りという言葉には郁海自身が違和感《いわかん》を覚えている。

本当に自分という人間の頭の中がよくわからなかった。

「腹は空《す》いていないか？」

「別に」

目の前に食事が出れば手をつけるだろうが、食べるという作業すら今は面倒《めんどう》に思えて、わざと投げやりに答えた。そうすれば加賀見が諦《あきら》めて出ていくかと思ったのだ。

しかし淡《あわ》い期待は見事に裏切られる。

「じゃあ、昨日の続きをしようかな」

言いながら大きな手が顎《あご》を掬《すく》い上げた。

「え……」

何をと思う間もなく唇《くちびる》を塞《ふさ》がれる。

とっさに両手で厚い胸板を押し返すと、加賀見はくつくつと笑った。

(遊ばれてる……！)

故意に緩《ゆる》められた腕《うで》の中から逃がしてもらって、郁海はパジャマの上だけ羽織って部屋を飛び出した。

5

窓の外ではさっきからずっと雨音がしている。

夕方から降り出した雨はどうやら明日の昼頃《ごろ》まで続くらしく、部屋の空気まで湿《しめ》っているような気がした。

煌々《こうこう》と明かりを点《つ》けた室内で、郁海は溜《た》め息《いき》をついた。

予想以上に大きく響《ひび》いたが、雨のおかげで普段《ふだん》よりは気にならない。

あれから三日が過ぎた。

とりあえず、今のところ二度目はされずに済んでいるが、それは郁海が気を張っているとか隙《すき》を作らないでいるとかいうことではなくて、単に加賀見が本気を出さないだけだった。

だがギリギリの揶揄《やゆ》は、それこそ日に何度もある。

おどおどしている郁海が面白《おもしろ》いらしく、何かというとセクシャルな意味を含《ふく》む接触《せっしょく》を試みるのだ。

本気かと思えばかわされるし、冗談《じょうだん》かと思えばかなりきわどいことまでしようとして、郁海は加賀見が近づいてくるだけで全身で警戒《けいかい》してしまう。

おかげで一日が終わるとぐったりと疲《つか》れ果てる毎日だった。

加賀見は楽しんでいるのだ。恰好《かっこう》のオモチャである郁海を好き放題に転がして、退屈《たいくつ》の虫を紛《まぎ》らわしているとしか思えなかった。

相変わらず外からの連絡《れんらく》はないと言うが、それが真実であるという保証はない。加賀見が本当に田中の部下――あるいは関係者だという証明すらされていないのである。

(だいたい、普通は雇《やと》い主の子供に手を出したりしないはずだし……)

まして仕事で「行動を共にしろ」と、言い換《か》えれば「守れ」と言われている対象にだ。それだけでも十分に疑わしいし、このまま一緒《いっしょ》にいたら、いつまた気が変わって襲《おそ》われるかわかったものじゃない。

だがそれよりも困るのは自分自身の問題だった。

自分の変化が怖《こわ》かった。キスをされたり、冗談半分にしても抱《だ》きつかれたり触《さわ》られたりすることに、違和感をなくしていきそうなのが怖い。

もう一度襲われることよりも、むしろそうされたときに嫌悪《けんお》感を覚えない自分が怖い。

(どうにかしなきゃ……)

ここ数日、そればかりを繰《く》り返し思い続けてきた。

だが電話はないし、自分の携帯《けいたい》電話は壊《こわ》れているし、加賀見のそれはロックが掛《か》かっていて使えない。何度もチャレンジすれば、あるいは偶然《ぐうぜん》にでもロックは解除されて外への連絡が可能となるかもしれないが、おそらくその前に郁海自身が危機に追い込まれるだろう。

何しろ加賀見が携帯を手放すのは風呂《ふろ》に入るときだけで、それすら郁海は一度失敗している。こしゃくなことに、あの男は異様に気配に聡《さと》いのだ。迂闊《うかつ》に加賀見のいる風呂場に近づいたら、変な理屈《りくつ》をつけられて引きずり込まれてしまいかねない。

眉間《みけん》に皺《しわ》を寄せて考えて、結局は一つしか策は出てこなかった。

隙をついて加賀見を殴《なぐ》り倒《たお》すとか、物を落として昏倒《こんとう》させるとか、いろいろと考えたのだが成功率は著《いちじる》しく低そうだったからだ。

(自分で行くしかない)

それが一番手っ取り早く、そして確実という気がする。

所詮《しょせん》は陸続きだし、未開の地でも樹海でもないのだから、ここからはちゃんとどこかへ繋《つな》がる道もある。ひたすらそれを辿《たど》っていけばいいだけだ。

郁海は大きく頷《うなず》いた。

心は決まった。後はいつ決行するか、である。

実はここが一番難しいと言えた。何しろ加賀見は気配に鋭《するど》く、静かな環境《かんきょう》のせいで些細《ささい》な音も大きく聞こえてしまう。一番いいのは本当なら加賀見が風呂に入っているときなのだが、それはできない事情があった。

風呂に入るのはいつも夜だから、郁海は外へ出ていくことができないのだ。

あれこれと考えて、やがて郁海は一つの作戦を思いついた。

（何か、いけそうな気がする……！）

希望が見えて、思わず目が輝《かがや》いた。何度も頭の中で繰り返しシミュレートし、作戦に自信を持った。

後はタイミングと演技力だ。

郁海は自らを奮い立たせて、ベッドに潜《もぐ》り込んだ。明日のために、今はとにかくたっぷりと身体《からだ》を休めておく必要がある。

とにかく明日だ。そう言い聞かせながら郁海は明るい部屋の中で目を閉じた。


郁海は自分の朝食を用意すると、加賀見が座っているソファの向かいに腰を下ろした。

遅《おそ》い朝食はもはやブランチと言ってもいいほどだが、普段よりも多少遅いくらいで、時間にしたら一時間もずれてはいなかった。

冷蔵庫に入っている食材の表示からも、現在地を限定する手がかりは得られない。

食べながら加賀見の動向に意識を向けるのはいつものことで、それ自体は何ら不自然じゃないという自信があった。

加賀見がときおり視線を投げかけてくるのも、話しかけてくるのも同じだ。ただし、食事中にちょっかいを掛けてくる男じゃないので、少なくとも食べ終わるまでは郁海にとって安心できる時間だった。

「今日の予定は？」

加賀見はリモコンでテレビをつけながら尋《たず》ねた。

「特に決めてませんけど。……勉強かな」

いつものように素っ気なく答え、パンを野菜ジュースで胃に流し込んだ。やけに緊張《きんちょう》してしまって、そうでもしないと物が上手《うま》く飲み込めないのだ。

いつもは紅茶だが、今日は考えがあってジュースにした。

「真面目《まじめ》だな」

「絶対、編入試験パスしたいですから」

加賀見が郁海にちょっかいを掛けてこない時間に、勉強中というのがある。それからもう一つ、本当に眠《ねむ》っているときだ。寝《ね》たふりをしていると、それを確実に見抜《みぬ》いて来るのだが、眠っているのを無理に起こされたり、変なことをされたということはない。

触られて眠り続けるほど郁海は鈍《にぶ》くはなかった。

そう考えると、加賀見は弁《わきま》えるところはきちんと弁えている、ということになる。モラルがあるんだかないんだか、よくわからなかった。

「田中氏が許すかどうかわからないぞ」

「……まだ言ってないんですか？」

郁海は顔を上げ、怪訝《けげん》そうな顔をして見せた。ちょっと考えれば、そんな暇《ひま》も余裕《よゆう》もないことくらい理解できるのだが、ここはあえてそうした。

「機会がなくてね」

「本当は言う気ないんじゃないですか？」

「黙《だま》っていることにメリットはないと思うが？」

「……別にいいですけど。田中さんに頼《たよ》らなくても、僕は自分で何とかしますから。あのマンションを出てもやっていけるくらいの遺産は残してもらってます。両親から」

最後の「両親」にアクセントをつけて言うと、加賀見は「おや」というように眉《まゆ》を上げて、じっと見つめてきた。

今でも郁海にとって両親といえば亡《な》くなった養父母である。それは変わらない。田中という父親などいなくても、別に構いやしないのだ。

だが加賀見はそう思っていない様子でふと笑った。

「パパに甘えるのはもうやめたのか？」

揶揄する口調は、郁海が待っていたものだった。

「……そうですね」

郁海はコップを手にすっと立ち上がり、半分以上残っている赤いジュースを加賀見に向かってぶちまけた。

その瞬間《しゅんかん》の加賀見の顔は、確かに驚《おどろ》いていた。

けれど次に聞こえたのはやれやれと言わんばかりの嘆息《たんそく》だった。

「今日はまたえらく気が短いな」

「我慢《がまん》するのやめたんです」

郁海は食器を持って足早にキッチンへと向かった。

あのくらいのことで加賀見が怒《おこ》らないのは計算済みでしたのだが、思惑《おもわく》通りに行ってくれるかどうかの保証はない。

それでも郁海は何食わぬ顔で食器の汚《よご》れを軽くすすぎながら、気配を追っていた。

自分の言動が行き過ぎているくらい承知しているのだろう。加賀見は文句を言うでもなくバスルームの中へと消えていった。野菜ジュースはベタついて、服を替《か》えるくらいでは済まないのである。

郁海は食器を洗い機に収めると、水を出しっぱなしにしながら、急いで部屋へ上がってドアの内側に用意しておいたバッグとジャケットを摑《つか》んだ。ジャケットもバッグも勝手に揃《そろ》えられた中にあったもので、郁海の趣味《しゅみ》ではなかったがものは良さそうだった。

なるべく音をさせないように階段を駆《か》け下りて、キッチンの水を止める。

バスルームからシャワーの音がしているのを確かめてから、玄関《げんかん》に向かって歩きつつジャケットを着た。

スニーカーを引っかけて、そっとドアを開ける。外へ出るとやはり寒くて、ほんの少しだけ気持ちが萎《な》えそうになったけれど、自分を奮い立たせて静かにドアを閉めた。

それから一目散に、走り出す。

道は一つしかないし、片側は下りでもう一方は上りだ。ここは高そうな場所だから、迷うことなく下りを選んだ。

どのくらい遠いかは知らないが、いつかは着くはずだ。

後はいつ加賀見が気づくか、である。

郁海は食事が終わるといつも部屋に閉じこもるし、今日は勉強をすると宣言したのだから、少しは時間も稼《かせ》げるはずなのだが……。

道はぬかるんでいて、ひどく歩きづらい。ドロドロの道には車の轍《わだち》もなかったが、それも雨のせいなんだろう。

「歩きにくいな、もう……」

おまけに足を進めるたびに泥《どろ》が跳《は》ねる。下りの道は滑《すべ》りやすく、何度もバランスを崩《くず》しながら、郁海はひたすら歩き続けた。

だんだんと息が上がってくる。

朝までの雨が嘘《うそ》のように空は晴れ渡《わた》って、風はひどく冷たい。まだ十月だというのが信じられないくらいだ。

木々の葉は赤や黄色に色づいて、こんなときじゃなかったら、呑気《のんき》に綺麗《きれい》だと感動できたかもしれなかった。

郁海は足を休めることなく腕《うで》の時計に目をやる。

だんだんと時計を見る回数が増えてきた。そして見るたびに、まだそれしか経《た》っていないのかと溜《た》め息《いき》が出た。

二時間歩いても、景色はほとんど変わらない。人影《ひとかげ》はおろか、建物一つ見えてこなかった。思っていたよりずっと山は深いらしい。ずいぶんと下ったようにも思えるけれども、実は大したことがないのかもしれないし、歩いた時間の割にはあまり進んでいないような気もする。

郁海は足を止めて、大きな息をついた。

さらさらと風が葉を鳴らす音と、自分の息づかいしか聞こえない。足場が悪いせいか、呼吸はひどく乱れている。

少し暑く感じて、ジャケットを脱《ぬ》いで腰《こし》に巻いた。袖《そで》に変な皺《しわ》が寄りそうだと思ったが、知ったことではないと再び歩き始める。

少しカーブした道を進んで行くと、先には上り坂が見えていた。緩《ゆる》やかなものだが、延々と続いていそうだった。

「何で……?」

このままずっと下りだと思っていたのに。

足を前に進める気力が萎え掛《か》けたが、ここで立ち止まっても仕方がないと、上り始めた。だんだんと、この道は正しいのかと不安になってきた。下りだと思っていたのにまた上りだしたということは、逆のことも有り得たわけだ。

選ばなかったほうの道が、あの先で下りになって、麓《ふもと》に通じているのかもしれない。そんな考えが頭から離《はな》れなかったが、二時間にも及《およ》んだ緩やかな下りを戻《もど》る気力はなく、とにかく前へと進んだ。

こちらの道だって、もしかしたらすぐにまた下るのかもしれないのだ。

しばらく歩いていると、期待通りまた下り始めた。

遠くから、水音も聞こえてくる。それに導かれるようにして歩いていくと、やがて小川が見えてきた。

別荘《べっそう》の近くに流れているものと、とてもよく似ている。

もしかしたら、同じ川の下流だろうか。ここを辿《たど》っていけば、加賀見のいる別荘の近くに戻るかもしれない。

郁海は無意識に自分の来たほうを見やった。

ぼうっとしばらくそちらを眺《なが》め、見えるはずもないところに意識を飛ばしていた。そんな自分に気が付いて、郁海は慌《あわ》てて視線を逸《そ》らした。

進行方向へと歩きだす歩調は、先ほどまでよりも速くなっていた。

少しでも歩きやすい場所を進もうと、郁海は水の溜まった中央ではなく、端《はし》のほうを歩いていた。下への傾斜《けいしゃ》になっているが、緩やかなものだし、木もあるので気にしなかった。

しかし、

「わっ……！」

ふいにずるりと足元が滑る。

雨で緩んだ土は足の重みに耐《た》えきれず、緩い路肩《ろかた》が滑り落ちたのだ。おかげで郁海は身体《からだ》のバランスを大きく崩した。

左の足は土と一緒《いっしょ》に落ち、反対側の膝《ひざ》を地面につくようにして無様に転んでしまう。ついた両手も、ジーンズもスニーカーも泥だらけだ。

「……何だよ、もう……」

あまりの情けなさに、しばらくは立ち上がれなかった。

地面に溜まった泥水が、じわじわと染《し》みこんでくるのに気が付いても、なかなか気力は戻ってこない。

目の前には、泥だらけの道と色づいた葉を落とす木と、冬になっても緑のままだろう木。ただそれだけだった。

紅葉を綺麗だと思う気持ちはとっくになくなっていて、むしろこの光景は寒さしか郁海に感じさせなかった。

溜め息をつきそうになっていると、遠くから物音が聞こえてきた。

車の音だ。

そう思ったら、余計に力が入らなくなってしまった。

だって今から立ち上がって逃《に》げたところで、相手は車なんだから逃げ切れるはずもない。どうせ捕《つか》まって連れ戻されるんだったら、無駄《むだ》な努力はしたくなかった。

郁海はその場にぺたんと尻《しり》をついて座ったまま、音が近づいて来るに任せていた。

万が一、加賀見じゃなくても、まさか轢《ひ》いたりはしないだろうし、止まってくれたら、乗せてもらって一気に……。

思いかけて、自分の恰好《かっこう》を見た。

こんなに泥だらけで車に乗ったら相手に迷惑《めいわく》だろう。つい笑ってしまうくらいに、ひどい恰好だった。

車はやがてかなり近くまでやって来て、減速をし、止まった。

ドアが開いたその瞬間に、加賀見の声がした。

「郁海くん！　大丈夫《だいじょうぶ》か？」

焦《あせ》ったような、心配そうな声が、こんなに嬉《うれ》しいなんてどうかしている。

郁海の正面に回り込んできた加賀見は、初めて焦りをあらわにし、ほうけた郁海の顔をじっと覗《のぞ》き込んできた。

高そうな仕立てのズボンが汚れるのも構わず、郁海の前に膝《ひざ》をついていた。

「どこか痛いのか？　どうしたんだ？」

「……大丈夫」

胸の中が温かくなったような気がした。

追ってくるのは役目上当然だけれど、こんなに心配してくれているのは仕事とは無関係だろう。

かすかな笑《え》みを浮《う》かべてみせると、加賀見はようやく愁眉《しゅうび》を開いた。

「転んじゃって……どこも痛くは……」

ふいに抱《だ》きしめられて、言葉を失った。耳元で聞こえるのは安堵《あんど》の息で、大きな腕が痛いくらいに郁海をかき抱《いだ》いている。

加賀見の肩《かた》越しに見える景色は、さっきまでずっと郁海がぼんやりと眺めていたものなのに、何だかそれが急に温かそうに見えてきた。

だらりと下げたままだった腕を少し持ち上げて、加賀見の背中にしがみつこうとした矢先に、優《やさ》しげな声がした。

「立てるか？」

「……立ちたくない……」

思わずぽつりと呟《つぶや》いてから、無意識に甘えたようなことを言ったと気が付いた。まるで歩き疲《つか》れてしゃがみ込む子供みたいだし、これじゃ単なるわがままだ。

恥《は》ずかしくなって慌てて続けた。

「嘘《うそ》です」

膝を立てると、その裏に手を差し入れられて、そのままひょいと抱き上げられる。

目を瞠《みは》って思わず加賀見を見つめると、軽く唇《くちびる》にキスをされた。

「っ……」

とっさに口を押さえようとして、既《すんで》のところで思いとどまった。両の手は泥《どろ》にまみれて、とても口を触《さわ》れたものではない。

もちろん手だけじゃないから、ジーンズに触《ふ》れた加賀見の服まで泥がついてしまった。

「泥んこ遊びをしたみたいだな」

笑われても反論はできなかった。まさにその通りだ。

車までは、ほんの十メートルほどの距離《きより》だった。

「ドアを開けて」

言われるまま、郁海が手を伸《の》ばしてドアを開けると、加賀見は郁海を後部シートに下ろそうとした。

下ろされまいと加賀見にしがみつくと、耳元で笑う声がした。

「抱きついてくれるのは嬉しいんだがね」

「そっ……そんなんじゃないです！　車が汚れちゃうからっ……」

「そんなことは気にしないでいい」

加賀見はシートに郁海を下ろし、ドアを閉めた。

車は郁海の予想に反し、そのまま前へと進んでいった。明らかに別荘は反対方向だった。

「あの……？」

「この先にUターンできる場所があるはずなんでね」

はず、という言い方が少し引っかかった。別荘に行くときに通った道なんだから、ある、と断定してしまっても構わないだろうに……。

そう思っていると、加賀見はいつもの揶揄《やゆ》する口調で続けた。

「ところで、そんなに沼《ぬま》が見たかったのか？」

「は……？」

何を言われたのか、とっさに理解できなかった。

「この先にあるのは沼だけらしいぞ。道はそこで行き止まりだ。昔はほとりに小屋があったらしいが、今は取り壊《こわ》されている」

道があるのはそのせいだと加賀見は言った。

「えっ？　それじゃ……」

郁海はぱっと後ろを振《ふ》り返る。

「反対側の道を行けば、一キロ先に別荘《べっそう》がいくつもあったんだが」

がっくりと力が抜《ぬ》けて、郁海はシートに沈《しず》み込んだ。疲労《ひろう》が一気に全身を包み込んで、何だか笑いたくなってくる。

たとえ正しい選択《せんたく》をしたところで、この時期では別荘に人が入っているとも限るまい。だがそのまま突《つ》き進めば、いずれは人里へ出たのかもしれないだろう。

「今度から散歩へ行くときは、私も誘《さそ》ってもらおうか」

二度とチャンスはないぞ、と言われたようなものだったが、その声にはいつもの揶揄する響《ひび》きは感じられなかった。

それきり加賀見は黙《だま》り込んで、郁海も車に揺《ゆ》られるまま、溜《た》め息《いき》をついて目を閉じた。

何だかもう、どうにでもなれという気になってきた。

いつの間にかうとうとして、本格的に眠《ねむ》り込んでしまい、目を覚ましたときには服を脱《ぬ》がされかけていた。

はっと息を飲んで加賀見を押しのけようとすると、聞き慣れた楽しそうな声が上から降って来た。

「期待されて嬉しいんだが、残念ながら風呂《ふろ》だ。それとも服のまま入りたかったか？」

「き、期待なんかしてないです……！」

もういつもの加賀見の態度に戻《もど》っている。だが単に風呂へ入れようとしていたのは本当らしかった。

「起こしたんだが、なかなか起きなかったからな」

「……すみません。後は自分でできます」

だから加賀見は出ていってくれと、口には出さずに視線でサインを送ってみた。すんなりと出ていかない可能性も考えていたのだが、意外にもあっさり加賀見は軽く肩を叩《たた》いて立ち上がった。

「着替《きが》えを用意しておく。服はバスルームの端《はし》にでも置いておきなさい」

思わず出ていく後ろ姿を見送ってしまった。

閉まったドア越しに、足音が遠ざかっていくのが聞こえ、本当に出ていったことに驚《おどろ》いてしばらくぼんやりとしてしまった。

てっきりまた何か揶揄したり、ちょっかいをかけてきたりするのだと思っていたのに。

「……ま、いいか……」

平和に進むに越したことはない。郁海はバスルームに入って服を脱ぐと、ジーンズや靴下《くつした》を纏《まと》めて端に置いた。果たして普通《ふつう》に洗濯《せんたく》しただけで何とかなるものかと心配してしまうような汚れ具合だった。

シャワーを浴びると、その温かさにほっと息が漏《も》れた。汚れを落とし、湯に身体《からだ》を沈め、ぼうっとバスタブの縁《ふち》に頭を預けた。

固くて当たり前なのだが、その感触《かんしょく》が今は不満だった。

もっと柔《やわ》らかくて、温かいものに包まれて眠りたいと思う。それが贅沢《ぜいたく》だというのならば、このままでも構わなかった。

「郁海くん？」

加賀見の声に、我に返った。いつの間にか戻ってきていた彼が、扉《とびら》の向こうにいるのだった。

「な、何ですかっ……」

「いや、音がしないから中で溺《おぼ》れてるんじゃないかと思ってね。着替えは置いておくから」

「あ……はい。ありがとう……ございます」

今度もあっさり立ち去っていったようだ。

何だか調子が狂《くる》う。いつもだったらもっと構っていくのに、郁海が脱走《だっそう》してからはそれが少ない気がした。

今の加賀見には余裕《よゆう》がないのかもしれない。

本当に郁海の置かれた状況《じょうきょう》はまずくて、勝手に外へ出たりするのは危ないことで、彼はかなり動揺《どうよう》したのかもしれない。

心配してくれたのは、彼の真実だ。あれは作ったものじゃないように思えた。

「謝ったほうが……いいよね……」

大きな溜め息をついて脱衣所《だつい》へ出て、身体を拭《ふ》いた。用意されていたのはパジャマだった。

これから嫌味《いやみ》か説教が来るんだろうと覚悟《かくご》しながらリビングへ行くと、テーブルに湯気の立つマグカップが用意されていた。中身はカフェオレだ。コーヒーの苦手な郁海も、こうすれば飲めるのである。

加賀見は先にコーヒーを飲みながら、ソファに座っていた。

責める目はしていなかったが、どこか疲れたように見えた。郁海のカップが置いてあるのは、すぐその近くだ。

郁海はソファに座る前に、じっと加賀見を見て、それから少し視線を俯《うつむ》かせた。勝手なことをしたという自覚は時間が経《た》つにつれて強くなっていて、まっすぐに見つめる気概《きがい》もなかった。

「あの……ごめんなさい」

パジャマの裾《すそ》を握《にぎ》りしめながら言うと、加賀見はふっと嘆息《たんそく》を漏らした。

「謝ることはないよ。理由を作ったのは私だからね」

「それは……そうなんですけど……」

否定をする気はなかったから、言葉を濁《にご》しながらもそう返すと、加賀見はらしくもなく苦笑を漏らした。

「座りなさい」

示された場所に座り、郁海はかしこまって背筋を伸《の》ばしていた。理由が加賀見にあるとしても、やはり強気で対峙《たいじ》することはできなかった。

向こうから言い出すのをじっと待っていると、少し間を置いてから加賀見は言った。

「こちらから連絡《れんらく》しても田中氏が出ないのは本当だ。もう帰国しているが、蓉子夫人の目も警《けい》戒《かい》しているし、仕事が立て込んでいることもある」

「……田中さんとは、もう関係ないって僕が言っても、その奥さんは納得《なっとく》しませんか？」

「今、この状況では信用しないだろうな。相変わらず血眼《ちまなこ》になって君を捜《さが》しているらしい。ここも時間の問題だろう」

「ここ、田中さんの別荘じゃないんですね」

「もちろん」

話の流れからいって当然だった。そんなにわかりやすい場所ならば、一日と経たずに見つかってしまう。

「もう一つの問題は、私が手を出したことだろうね」

「……そうです」

これも正直に答えた。こちらの点に関しては、前者よりも遥《はる》かに正当性を主張できると思っていたから、俯き加減だった顔を上げた。

相手は弁護士資格もある大人で、こちらは十五の未成年なのだから、それだけでもう責任の度合いは歴然としている。

たとえ郁海が、自分でもよくわからない理由によってろくな抵抗《ていこう》をしなかったにしてもだ。

「ま、反論の余地はないな。これがいい大人相手だったら、『流されておいて文句を言うな』と言うところだが、十五歳ではね」

「子供はいいんですか？」

「責任がある程度免除《めんじょ》されるから、子供なんだよ。いろいろな意味で判断力がまだできていないし、柔軟《じゅうなん》性があって、錯覚《さっかく》に陥《おちい》りやすい。好奇《こうき》心も旺盛《おうせい》だ」

加賀見の言葉を一つ一つ噛《か》みしめて、郁海はムッと口を尖《とが》らせた。

「つまり僕がそうだってことですか？」

「と、思っているんだが」

「それじゃまるで、僕が好奇心で加賀見さんとあんなことしたみたいじゃないですか」

「違《ちが》うのか？」

「だって……」

何か言葉を返そうとしたのに、頭の中は真っ白だった。言うべき言葉が郁海の中には何もなかった。

わからない。違うのは確かだけれど、じゃあ何だと問われたら、答えられなかった。

流された理由。それをいくら考えても、あのときのことは霞《かすみ》がかかってしまったように明瞭《めいりょう》ではないのだ。自分の心理状態も、漠然《ばくぜん》としか思い出せない。

最初は縛《しば》られて怖《こわ》いと思い、解《ほど》いてもらって優《やさ》しくされたら、それがとてもかけがえのないもののように思えた。それは覚えている。逆らわないでいれば優しくしてもらえるのだと、そんなことも考えたような気がする。そうこうしているうちに、身体が快感に支配されて理性や思考力を塗《ぬ》りつぶし、まさに流されてしまったと言える状態になった。

後悔《こうかい》はしているけれども、嫌《いや》な記憶《きおく》というわけじゃない。

「好奇心じゃないなら、何だろうね」

絡《から》んでもつれた糸みたいな思考が、加賀見の言葉に導かれて、少しずつ整理されていく。

気持ちがいいから、というのも無視はできないだろうが、主たる理由ではない。だとしたら、加賀見が優しくしたからとしか思えない。

だがそれもどうかと思うのだ。ちょっと優しくされたからって、ほいほいセックスしてしまうほど、自分が節操なしとは思いたくない。

やはり答えは出なくて、郁海は加賀見を見上げた。

「わかりません」

「私は脈があると思っていたんだがね」

「脈……？」

きょとんとしていると、加賀見の腕《うで》が肩《かた》を抱《だ》いてきた。

もうこのくらいのことでは過剰《かじょう》な反応は起こさなかった。慣れてしまったのかもしれないし、郁海の気持ちが変化したのかもしれない。

「そう。恋愛《れんあい》感情、という意味だよ」

加賀見はその男らしい指先で、郁海の心臓のあたりを軽く突《つ》っついた。

遅《おく》れて意味を察して、カァッと顔が熱くなった。

「ち、違いますっ！」

「見当違いだったか？」

「だって、僕はそんなこと全然……っ」

言いながら、どうして自分はこんなにうろたえているんだろうと不思議に思った。顔が赤いという自覚もあるし、声だって滑稽《こっけい》なほど慌《あわ》てている。せせら笑いながら、「まさか」と返したってよかったはずだし、苦笑しながら「変な冗談《じょうだん》はやめてください」と言ってもよかったはずなのに。

セックスしてしまったからなんだろうか。だから意識してしまって、こんなにも動揺しているんだろうか。

おろおろしていると、加賀見がくすりと笑った。

「涙目《なみだめ》になってるぞ」

「あ……」

慌てて手の甲《こう》でごしごしと目を擦《こす》った。

「こら、よしなさい。目が赤くなるよ」

擦っていた手を掴《つか》まれて、ますます郁海はうろたえる。動悸《どうき》が激しくなり、心臓が飛び出していきそうだった。

加賀見が唇《くちびる》を目に寄せてきて、触《ふ》れられた瞬間《しゅんかん》は首を竦《すく》めてしまった。

「私のほうは君が可愛《かわい》くて、それでつい、ね」

「ついって……」

いい年をした大人が、つい、で手を出していいものなんだろうか。

咎《とが》めるように上目遣《うわめづか》いに見つめると、加賀見は苦笑した。

「そう。つい、計画的に手を出してしまったわけだ。これでも本気なんだが……」

「は……？」

計画的なことに果たして「つい」があるかどうかはともかく、その後の言葉が郁海にとっては驚《おどろ》きだった。

きょとんとして見つめていると、今度は唇にキスされる。

加賀見のキスはもしかしたら好きかもしれないと、頭の片隅《かたすみ》で思った。

「おかしいか？」

「だ、だって、加賀見さんは大人だし、僕はまだ高校生で……っ」

「だから？　大人が高校生に惚《ほ》れちゃいけないのかな」

「それはないけど……でも……」

加賀見のような男が、わざわざ高校生の男に惚れなくても、とは思うのだ。

冷静に見て、ずいぶんとレベルの高い男だろうとは思っていた。性格は多少問題もあるが、優しいところはちゃんとあるし、顔は文句のつけようもない。背も高く、体格もご立派で、おまけに弁護士だ。

もてないはずがない。黙《だま》って立っていても相手のほうからいくらでも寄って来そうだし、実際に経験も豊富そうだった。

「……僕だと、いろいろ問題があるじゃないですか」

未成年で、男で、雇《やと》い主の息子《むすこ》。それが立場のある大人にとってどれだけの重荷かは、郁海のような子供にだってわかる。

だが加賀見は抱いた腕をどけようとしない。

「問題を気にして諦《あきら》められるなら、最初から手は出さないね。中途半端《ちゅうとはんぱ》な覚悟《かくご》や気持ちでできるほど、私は気楽な立場じゃない」

「だって脅《おど》すみたいこと言ってたじゃないですか！　それに、あのときだって、襲《おそ》われたって言ってやるって、僕が……それで、加賀見さん……」

「機会を窺《うかが》っていたんでね。そのまま乗らせてもらった。もちろん、縛ったのは後で解くことを予定に入れた行動だ」

「え……そうなんですか……？」

郁海は目をぱちぱちと瞬《まばた》きさせ、唖然《あぜん》としながら加賀見を見つめた。

「強姦《ごうかん》は趣味《しゅみ》じゃないんだ」

「でも……」

「解いてあげた後のことは、強姦じゃないと思うが……？」

「う……そ、それは……そう……かも、しれないですけど……」

何だか袋小路《ふくろこうじ》に追いつめられていくような気分だった。逃《に》げ道を失い、打つ手もなく途方《とほう》に暮れているうちに、加賀見に捕《つか》まってしまいそうな予感がする。

そして、それを期待している自分がいた。

「君はおそらく、逆らわないことで事態を極力悪くしないようにと考えたんだろうが、それだけじゃないだろう？　誰《だれ》にでもあんなふうに従順になるか？　男にされたら、相手が誰でも感じると思うか？」

先日と同じ追及《ついきゅう》をされた。この間は見逃《みのが》してくれたが、今日は無理らしく、視線が答えを迫《せま》っていた。

郁海は黙ってかぶりを振《ふ》った。

たとえば他《ほか》の男――同じ立場から選んで柴崎があんなことをしてきたら、郁海は死にものぐるいで抵抗《ていこう》しそうな気がする。あくまで想像でしかないが、それだけでも嫌悪《けんお》感に鳥肌《とりはだ》が立ちそうだった。もっともそれは、郁海が彼のことを好きではなかったせいかもしれない。加賀見に対しては……。

（あれ……？）

確か郁海は加賀見のことも気にくわないと思っていたはずだった。今だってそういう部分はあるが、あくまで部分である。加賀見という人間に対する感情ではなかった。

こうやって加賀見に抱かれているのも、まったく嫌ではない。キスだって、むしろ反対のことを思うくらいだ。

嫌《きら》いじゃない。けれども好きかと言われたらよくわからない。どちらにしても、加賀見の存在は郁海の中でとても大きくなっていて、今の人間関係の中では誰よりも近くにまで入り込んできている。

特別な存在になってしまっていたのだ。

「加賀見さんは……どう思んですか？　僕は……やっぱりよくわかりません」

「言っただろう。脈があるんだ」

「……何か、そういうふうに仕向けられた気がする……」

脈は自然にできたんじゃなくて、加賀見が作ったという気がしてならない。たとえば郁海の初恋《はつこい》と同じように。

小学校四年のとき、クラスで一緒《いっしょ》に委員をしていたボーイッシュな女の子が、郁海の初恋の相手だった。クラス一頭が良く、物事をはっきりと言う、可愛いというよりカッコイイ女の子で、郁海と彼女はとても仲が良かった。

しかしある日、何かの拍子《ひょうし》に周り中から郁海たちは囃《はや》し立てられるようになった。黒板に相合い傘《がさ》を書かれたり、たまたま席が隣《となり》だったのをいいことに、知らない間に机をくっつけられたりして、そのうち郁海はひどく相手を意識するようになってしまった。

残念なことに向こうはそれをきっかけに郁海を無視するようになったから、成就はしなかった。郁海のほうが背が低くて、女の子みたいな顔をしていたせいで、残酷《ざんこく》な小学生たちが二人の性別を入れ替《か》えたカップルとして囃し立てていたからだ。彼女の姓《せい》に郁海の名前をくっつけて黒板に書かれたりもしたから、小さな乙女心《おとめごころ》は傷ついたのかもしれない。

それは郁海も一緒で、初恋は苦い思い出になっている。

ぽつぽつとそれを加賀見に話してから、大きな溜《た》め息《いき》をついた。

今度のことも、形は違《ちが》うけれども同じようなものじゃないだろうか。

「それのどこが悪い？」

「悪くはないけど……」

「どんなに仕向けられようが、無理なものは無理だ。人の気持ちは、他人が自由にコントロールできるものじゃない。動かすのは本人だから、結局は嫌《いや》なほうへは絶対に行かないよ」

「子供でも？」

「もちろん。だからこそ、かもしれないな。打算や見栄《みえ》が少ない分、自分の感情に素直《すなお》になれても不思議じゃないね」

「ふぅん……」

そんなものだろうかと鼻を鳴らし、郁海はまたあれこれと考え始めた。

いつの間にか、頭を加賀見の肩《かた》に預ける形になっていたが、それを自覚しても離《はな》れようという気は起こらない。

ひどく気持ちが良かった。いくら筋肉が硬《かた》いと言っても、バスタブの縁《ふち》と違ってそこは人の身体《からだ》である。凭《もた》れた感じは格段にいいし、肩に回った手や腕《うで》も温かで、このままうっとりと眠《ねむ》りに落ちてしまいそうだった。

こういうのが加賀見の言う脈ありなんだろうか。

「加賀見さんは、素直じゃないんですか？」

「そうだよ。だから、君に何も言わずに抱《だ》くようなことをしたわけだ。最初から手の内を明かすほど思い切りがよくなくてね。だったら水を向けてやろう……と。まぁ、ある意味で欲望には素直だったとも言えるかな」

「何だか……よくわかりません」

「年を追うごとに慎重《しんちょう》になっていく気がするよ。昔はもっと、当たって砕《くだ》けられたんだが……」

加賀見がそんなことを言うのがとても不思議だった。彼は自信家に見えるし、望めば何でも手に入りそうだし、郁海に告白してそこで断られたくらいで、何がどうなるものでもないと思うのだ。

不審《ふしん》そうな表情に気づいて、加賀見は苦笑した。

「だんだんとね、何かあったときの立ち直りが遅《おそ》くなって来るんだよ。身体と一緒だな。だから、つい警戒心《けいかいしん》が強くなって、周到《しゅうとう》にならざるを得ない。狡《ずる》くなるんだ」

郁海は言葉をゆっくりと咀嚼《そしゃく》して、飲み込んで、少しずつ理解しようと努めた。

きっと加賀見も臆病《おくびょう》な部分を持っているんだろう。それを隠《かく》して、嘘《うそ》や作り笑いの鎧《よろい》を着て、上手《うま》く立ち回って生きているのだ。

そういうのは、今の郁海にはわからないことだった。後十年くらいすれば、理解できるようになるのかもしれない。

「それで、好きになるように仕掛《しか》けておいて、僕がそう言い出すの待ってたわけですか？」

「ま、否定はできないな。弱みを作りたくなかったし」

「弱み？」

「愛されているのを確信した人間ほど強いものはないからな。相手の気持ちがわかれば余裕《よゆう》もできて、君が私を振り回す可能性もあった。子供もそれなりに狡猾《こうかつ》だよ」

心外だった。ムッとしながら郁海は言い返す。

「別にそんなことで人に付け込んだりしません」

「そうらしい。だが、まさか逃げるとは思わなかったよ。そこまで思い詰《つ》めているようには見えなかったからな。確かに警戒はしていたが……」

「……」

まさか自分の変化が怖《こわ》かったなんて言えない。口にしたら、傾《かたむ》いている気持ちを肯定《こうてい》したも同然だった。

わかっていて黙《だま》っている郁海は、きっと加賀見が言うほど素直じゃない。少しずつ大人に近づいて狡くなっているのかもしれないし、それこそ子供の狡猾さなのかもしれない。物心のつかない子供だって、相手を見てわがままを言うものだ。

加賀見は何も言わずに見逃してくれた。

こういうところは大人なんだろうと思う。聞けば相手を困らせることを、そうとわかりもしないで追及するような真似《まね》は絶対にしない。言わないのには、あるいは言えないのには理由があると、ちゃんとわかってくれるのだ。

郁海だったら、もしかしたら「どうして」を連発していたかもしれなかった。

加賀見がもしそういうことをするとしたら、おそらく確信犯になったときなのだろう。

そんなことを考えながら、ちらりと加賀見を見上げた。

自信に満ちあふれていそうなその顔からは、彼が予防線を張りながら郁海に恋愛《れんあい》を仕掛けてきたなんて想像もできなかった。

もしかしたら可愛《かわい》いところもあるのかもしれない。

「うん？」

「な、何でもないです……っ」

言ったらただでは済まないだろうから、慌《あわ》ててマグカップに手を伸《の》ばした。温かなカップが手のひらに心地いい。

砂糖の入っていないカフェオレが、やけに甘く感じた。

加賀見の腕はまだ郁海の肩を抱いていて、それはまるで甘い恋人《こいびと》同士のようなふれあい方だった。

文句一つ言わない自分が不思議でもあったし、当然だとも思えた。

6

することもないので、ベッドでうとうとと居眠りをしていた郁海は、軽く肩を揺《ゆ》すられて現実へと引き戻《もど》された。

ごうっと大きな音が耳に入ってきて、はっと意識がクリアになる。

ガラスに叩《たた》きつけてくる雨の音もかなり大きく、外は大荒《おおあ》れらしいと知った。まるで台風みたいだった。

眠る前もそれなりだったのだが、ますますひどくなっている。

加賀見がベッドサイドに腰《こし》かけているのを見て、郁海は思わず身構えてしまった。

「なっ……何ですか……！」

人が眠っているところに、断りもなく入ってくるのはどうかと思った。まして加賀見へのセクシャルな意味合いでの危機感は、相変わらず郁海の中にある。

「寝《ね》るなら風呂《ふろ》に入って、着替《きが》えて寝なさい」

けれども加賀見の言葉はその警戒心を空振《からぶ》りに終わらせる。

「……はい」

言うことは真っ当なので、郁海はベッドから下りてパジャマを手にし、ちらりと加賀見に視線を送った。

何となく、自分の部屋なのに先に出ていくことに抵抗感《ていこう》があったのだ。

視線を受けて、珍《めずら》しくすんなりと加賀見は郁海の希望通りに動いた。てっきりまた何か言うものだと思っていたのに拍子抜《ひょうしぬ》けである。

加賀見が目の前を通って出ていき、後から郁海が部屋を出た。自然と彼の後をついて行くような形になったが、前を行く男は自分の部屋の前で足を止めて振り返った。

「そういえば、いつも点《つ》けっ放しだね」

「はい？」

「部屋の明かりが、一晩中ついてる」

どきっとした。

「……すみません」

「別に謝らなくてもいいんだが、マンションでもそうなのか？」

「そうですけど……」

たった一人で住んでいるのだから、使っていない部屋にまで照明を灯《とも》しておくなんていうのは不経済極まりないことである。そんなことは承知していたが、この点だけはどうしても譲《ゆず》れなかった。

「暗いと寂《さび》しいんだろう」

加賀見の揶揄《やゆ》は黙殺《もくさつ》して、郁海は言った。

「いつから気づいてたんですか？」

「最初の晩だな。ドアの隙間《すきま》から、明かりが漏《も》れるんでね」

いつ眠《ねむ》っているのかわからない男だが、どうやら夜中まで起きているか、あるいは夜中に起き出すかしていたらしい。

納得《なっとく》して、郁海は歩きだした。結局、加賀見の問いかけについては無視するような形にしてしまった。

「じゃ風呂入ってきます」

追及《ついきゅう》を逃《のが》れるように、郁海はバスルームへと逃《に》げ込んだ。

隠しておくことではないのだが、何となく人には知られたくないことなのだ。

服を脱《ぬ》いでバスルームへ入り、身体《からだ》を洗っていると、少し頭がすっきりとした。

とても眠いのは、睡眠《すいみん》のサイクルが狂《くる》ってしまったせいだ。昨日はあれから加賀見に凭《もた》れて眠ってしまい、目が覚めたら夕方の四時だった。おかげで夜になってもなかなか眠れず、寝付いたのは明け方だったのだが、加賀見は容赦《ようしゃ》なく八時前に郁海を起こした。そうしたほうが元のサイクルに戻りやすいからと言われ、文句も言えなかった。

シャワーを止めると、脱衣《だつい》所の物音に気が付いた。

「……加賀見さん？」

小さい声で尋《たず》ねると、次の瞬間《しゅんかん》に目の前の扉《とびら》が開いた。

加賀見は裸《はだか》になっていて、ためらうことなく中へと入ってきて扉を閉めた。

郁海は唖然《あぜん》としたままそれを見つめていたが、やがてはっと息を飲んで我に返り、慌ててバスタブの中へと身を沈《しず》めた。

「なっ、な……何ですかっ！」

「昨日は私が風呂に入っている間に逃げられたんでね。一緒《いっしょ》なら大丈夫《だいじょうぶ》だろう」

「そんなことしなくたって、暗くなったら外になんかっ……」

言いかけて郁海は口を噤《つぐ》んだ。

「何だ、やっぱり暗いのが怖いのか」

「そうですっ」

投げやりに答えて郁海はぷいと横を向いた。

加賀見は笑うだけで、それ以上は何も言わなかった。シャワーのコックが緩《ゆる》められ、ザーッという水音が聞こえてきた。

バスルームは広くて、郁海のところにまで飛沫《ひまつ》がかかることもない。郁海は自分が浸《つ》かっているお湯が揺れるのを見つめていた。

「もう逃げませんから」

「そうしてくれると有《あ》り難《がた》いな。この先、どうしようかと頭を悩《なや》ませていたところだったよ。

いっそ首に鈴《すず》でも付けようかとまで考えた」

「それじゃ猫《ねこ》じゃないですか……！」

「きっと可愛いぞ。そうだな、赤いリボンか何かで」

笑っているのだからそれは当然からかっているのだ。

冗談《じょうだん》だとわかっていても、その計画は面白《おもしろ》くない。郁海には、動物扱《あつか》いをされて喜ぶ趣味《しゅみ》はなかった。

郁海は強引に話題を変えた。

「昨日……怒《おこ》らなかったですよね。僕が逃げたこと……」

それどころか抱《だ》きしめて、いつもより優《やさ》しくしてくれた。あれから今に至るまで、加賀見は一言も脱走《だっそう》について責めてきたりしなかった。

「怒っても仕方ないだろう。自分に責任があったことは認めているしね」

「じゃあ責任がなかったら怒りました？」

「さぁ、どうかな」

答える気がないというよりも、本当にわからないらしい。そもそも郁海が何故《なぜ》こんな話を始めたのかを不思議がっているような声音だった。

郁海は口元まで湯に浸《ひた》りながら、ぼんやりと考えた。

加賀見だったら怒らないかもしれない。何となくそんな気がした。抱かれたことが理由にあるとしても、そもそもろくな抵抗をしなかった郁海が、それを責めていいとは思えない。

「ほどほどにして上がって来なさい」

声に続いて、扉の開く音がした。

加賀見はシャワーだけで済ませて、上がってしまったのだ。郁海を気遣《きづか》ったのか、それとも最初からバスタブに浸かる気がなかったのか、それはわからなかった。

（烏《からす》の行水……だっけ）

髪《かみ》まで洗っていたようだが、それにしてもあっという間だった。

郁海は加賀見が脱衣所を出ていきそうな時間を見計らってバスタブから上がり、扉の向こうを窺《うかが》った。

そのときだった。

不意に視界からすべてが消えた。

郁海は大きく目を見開いた。

明かりなどただの一点もない、漆黒《しっこく》の闇《やみ》の中にぽつんと一人で放《ほう》り出されてしまったようなものだった。

今にも郁海を押しつぶしてきそうな恐《おそ》ろしい暗さだ。

声が出なかった。そして、身体も動かなかった。

扉を一枚隔《へだ》てたところに人がいるとわかっていても、指先一つ動かせない。

呼吸がおかしくなってくるのを自覚しているのに、自分ではどうしようもできず、ただ小刻みに足が震《ふる》え出す。

それはたちまち全身に広がっていった。

呪縛《じゅばく》を打ち破ったのは、加賀見の声だった。

すべての電源が落ちた瞬間、脱衣所にいた加賀見は思わず身構えた。

一瞬《いっしゅん》の緊張は、人為《じんい》的な停電への警戒《けいかい》だったが、黙《だま》って様子を窺ってみても、誰《だれ》かが動いているという気配はなかった。

となれば、外の天候が影響《えいきょう》しているのだろう。

突然《とつぜん》の停電にも拘《かか》わらず、郁海はうんともすんとも言わない。つくづく冷静な子だと思いながら、扉の向こうに声をかけた。

「郁海くん。たぶん風か雨が……」

言い終わらないうちに、扉が大きな音を立てた。

扉を叩《たた》きつけているような、あるいは身体でぶつかっているような、凄《すご》い音だ。だが開くことはない。

加賀見は不審《ふしん》に思いながら扉を開けた。

途端《とたん》に声にならない叫《さけ》び声を上げながら、郁海が飛び出してくる。勢いのまま加賀見にぶつかり、倒《たお》れそうになったところを支えてやると、両腕《りょううで》がバッと身体に回ってきた。

「おい……」

震えていた。

郁海は両腕で加賀見の背中にしがみつき、ガタガタと震えている。尋常《じんじょう》じゃなかった。これはとてもじゃないが、「暗いのが怖《こわ》いんだろう」などとからかえる類《たぐい》の反応ではない。

泣いているわけではなさそうだが、喉《のど》の奥でくぐもった、とても苦しそうな声を出していた。

「郁海くん？　どうした？」

柔《やわ》らかく問いかけても、返事はなかった。答えられるような状態ではないらしい。

加賀見は郁海の身体をざっと拭《ふ》き、着せるものを探したが、郁海が蹴《け》ってしまったのか、パジャマはすでに水を吸っていた。それにもの凄い力でしがみつかれたままでは、何かを肩《かた》に引っかけることくらいしかできない。

諦《あきら》めて身体を抱き上げ、乾《かわ》いたバスタオルを摑《つか》んで脱衣所を出た。

「大丈夫か？」

返事の代わりに、ぎゅっと首にしがみついてきた。

正気では有り得ないほど可愛《かわい》らしい反応だ。

明かりは戻《もど》ってこないが、構造や配置はわかっているから、慎重《しんちょう》に足を進めながら廊下《ろうか》を進み、手探りで懐中《かいちゅう》電灯を探し当てた。

スイッチを入れると、オレンジ色の明かりは眩《まぶ》しいほどにリビングを横切った。

郁海は顔を上げ、それから我に返った様子で加賀見から離《はな》れようとした。どうやらパニック状態からは脱《だつ》したらしい。

さすがにここで明かりを落とすほどサディスティックな性格でもなく、加賀見は郁海をソファに下ろして懐中電灯をテーブルに置き、郁海をバスタオルでくるむ。

「待っていなさい。すぐ戻る」

離れようとすると、縋《すが》るような目が向けられた。懐中電灯だけの明かりでも、そのくらいのことは見えた。

「飲み物を取りに行くだけだ」

軽く頭を撫《な》でて加賀見はキッチンに入った。もちろん冷蔵庫の電源も落ちているし、電子レンジも使えない。だがガスはプロパンなので火は使える。

湯を沸《わ》かし、紅茶を入れて、ブランデーを落とした。大した時間ではなかったが、郁海のところへ戻るまでの間、視線がずっと自分から離れなかったことを加賀見は知っていた。

懐中電灯はいずれ電池が切れて消えてしまうだろうが、予備があったかどうかの自信はなか

った。それまでに郁海を眠《ねむ》らせてしまうか、夜が明けてくれるかでないと、また郁海は先ほどのように震えることになるのだろう。

カップを渡《わた》し、隣《となり》に座った。肩を抱こうとすると、気恥《きは》ずかしいのか意地を張っているのか、郁海は逃《に》げる素振《そぶ》りを見せた。

構うことなく強引に抱き寄せると郁海はおとなしくなり、腕の中でじっとしてカップを見つめていた。

「別に、もう平気なのに……」

口ではそんなことを言っているが、振り払《はら》おうとか場所を移ろうとかいった様子はない。それに、心細そうな様子だった。

素直《すなお》じゃないなと、加賀見は密《ひそ》かに笑《え》みを浮《う》かべた。

やがて一口飲んで、何度か深呼吸を繰《く》り返してから郁海は言った。

「僕……暗所恐怖症《きょうふしょう》なんです。狭《せま》いところだと、もっとだめなんです」

存外にしっかりとした声で郁海は言った。今は暗闇《くらやみ》というわけでもないので、落ち着いているようだった。

バスルームというのが、郁海にとって「狭い空間」かどうかはわからないが、事実として彼はパニックを起こした。

「そうだろうね。だから、いつも明かりを点《つ》けたままだったんだな」

確認すると、郁海はこっくりと頷《うなず》いた。

「……加賀見さんて、ご両親に怒《おこ》られたことありますか？」

「うん？」

唐突《とうとつ》な問いかけに思えて、加賀見は眉《まゆ》を上げた。だがすぐに、暗所恐怖症に繋《つな》がる話なのだろうと納得《なっとく》し、まぁねと答えた。

「叱《しか》られるんじゃないですよ？　怒られるんです」

「ああ……そういうことか。そうだな……親を怒らせたことはないかもしれない」

さして考えることもなく加賀見が答えると、郁海は少し押し黙ってから紅茶を飲み、おもむろに言った。

「子供の頃《ころ》……五歳くらいだったんですけど、家の近くで隠《かく》れんぼをしていて、ちょうど空いてた車のトランクに入っちゃったんです。そうしたらそれが近所のお客さんの車で、遠くまで運ばれちゃって……」

「ああ……」

データとしてその話は聞いている。結局捜索《そうさく》隊や警察まで出てくるという、大騒動《そうどう》になったのだった。もちろんニュースにもなった。

郁海が見つかったのは、丸一日経《た》った後だった。車の主はその車を普段《ふだん》は使わず、ガレージにしまい込んでいて、たまたま使用を考えた持ち主の妻が気づいたのである。

「暗くて、怖くて、そのうち声も出なくなっちゃって……。気が付いたら病院で、目の前に両親がいました。二人ともやつれてたのを覚えてます。二人とも泣いて喜んでくれたけど、同時にとても怒られたんです。叱られるのは当然なんだけど……その、とても感情的で、焦《あせ》った感じで……養父があんなに怖かったのは、そのときだけでした」

「……感情的に、怒ったのか？」

郁海は黙って頷いた。

それは少し妙《みょう》だと思う。五歳の子供が丸一日行方《ゆくえ》不明になった末に見つかったら、理由はどうあれ喜ぶべきで、少なくとも目を覚ましたそのときに叱ったりはしないだろう。少なくとも加賀見だったらそうだ。まして、ひどく感情的にだという。

「今は、理由がわかる気がするんです」

「そうなのか？」

「だって田中さんにとっては、僕が目立つのはまずいことでしょう？　些細《ささい》なことだけど、何がきっかけになってバレるかわからないんだし。両親はそういうことをとても気にして、だから焦っていたんだと思う」

否定はできなかった。おそらく郁海の考えている通りであり、十五の子供がそこまで考えたのかと感心さえしてしまう。

郁海は否定も肯定《こうてい》も期待していないようだった。

「五歳のあのときから、ずっと暗いのは苦手だったけど、ひどくなったのはマンションに来てからなんです」

「つまり……自分の事情を知ってから？」

「関係あるかどうか、わかりませんけど……」

郁海はまた紅茶を飲んで、ふっと息をつく。

外は相変わらず雨と風が強く、台風でも来ているんじゃないかと疑いたくなるほどだった。このまま電気が戻らないと、いろいろと厄介《やっかい》だ。

「自家発電機でも置いておくべきだったな」

充電《じゅうでん》が切れないうちに電話をしておく必要があるだろう。ついでに停電のことも言っておけば、明日の朝にでも何か策が打たれるはずだ。

「ところで現実問題なんだが、懐中電灯はそのうち切れるぞ。どうする？」

「どうする……って……」

「お勧《すす》めは今すぐ寝《ね》ることとかな。これでね」

加賀見はブランデーの瓶《びん》を振りながら言った。さすがに紅茶に垂らした分だけで眠れはしないだろう。

「……それ以外だと何ですか？」

郁海はじっと顔を見つめてくる。

懐中電灯のわずかな明かりでも、慣れた目には十分だった。

「いざというときのために、一緒《いっしょ》にいてあげるくらいだね」

半分は本気で、半分は揶揄《やゆ》だった。郁海は酒を口にして、眠ることを選択《せんたく》するとばかり思っていた。

郁海はほとんど空になったカップをテーブルに置いて言った。

「一緒にいてください……」

細い腕が加賀見にしがみついてくる。

果たしてすべてをわかった上で、こんなことを言っているのだろうか。暗闇の怖《こわ》さのせいで、加賀見に抱《だ》かれた夜のことを忘れてしまったんじゃないだろうか。

苦笑まじりの溜《た》め息《いき》をつきたくなった。

だがそう口にして、郁海をまた混乱させるのも今は気が乗らない。

加賀見は郁海に懐中電灯を持たせ、その身体《からだ》を抱き上げた。バスタオルを巻き付けただけの郁海を歩かせようとは思わなかった。

階段を上がり、加賀見の部屋に入った。携帯《けいたい》電話がサイドテーブルの上に置き放してあったからだ。

郁海をベッドに下ろし、加賀見は携帯電話を手にした。

電話を掛《か》けて、状況《じょうきょう》を尋《たず》ねた。それから停電のことを言うと、すぐに調べると言って電話が切れる。

　郁海は問うような目をしてこちらを見つめていた。

「残念ながら、変化なしだね。停電は調べているところだ」

　電話を手に郁海の部屋に行こうとしていたのだが、当の本人はここが今日の寝床《ねどこ》だと判断したようで、もう中に潜《もぐ》り込んでいた。寒かったのかもしれない。

　加賀見はパジャマの上を脱《ぬ》いで、郁海にそれを着せようとした。驚《おどろ》いた様子で彼はこちらを見つめた。

　抱く気はないのだと伝わったのだ。

「どうしてですか……？」

「何が？」

「そういうつもりかなって……思ってたから」

　ならば郁海は承知の上で、加賀見とベッドに入ることを選んだのだ。

　これをどう取るべきかと思わず考えた。それだけ暗闇が怖いということなのか、あるいは加賀見に抱かれてもいいということなのか。

「じゃあ私からも聞くが、君こそどういうつもりなんだ？　わかっているか？　そういうのを、挑発《ちょうはつ》と言うんだ」

　加賀見はそのままベッドに潜り込んで、裸《はだか》の郁海を腕に抱いた。華奢《きゃしゃ》な身体は、すっぽりと腕《うで》の中へ収まって、意外なほどおとなしくしている。

これでは食えと言われているようなものだ。まさに据《す》え膳《ぜん》である。

おずおずと、郁海の腕が背中へと回る。

抱かれようという理由がどちらだろうと構いはしなかった。前者だったとしても、付け込むことに加賀見は何のためらいも感じない。

「これでも自制心を働かせていたんだぞ。ずっと欲しかったんだからな」

好きだと言っても、欲しいと言っても、郁海のほうから気持ちを吐露《とろ》する言葉はなかった。それが意識してのことか、無意識なのかはわからないが、加賀見には無理に聞き出そうという気もない。

胸に寄せてくる顔を上げさせて、唇《くちびる》を求めていけば、郁海は逃《に》げることもなく目を閉じてキスを受け入れる。

拙《つたな》いながらも応《こた》えてくる様に、かき立てるものがあった。

貪《むさぼ》るようにくちづけながら、組み敷《し》くような形をとって、さらりとした肌《はだ》をまさぐった。

角度を変えて何度も唇を重ね、指先でまだ柔《やわ》らかな感触《かんしょく》の乳首を揉《も》むと、そこがたちまち硬《かた》くなってくる。

キスの合間に漏《も》れる息もせつなげだ。

離《はな》した唇を首筋に押し当てて吸い上げると、薄《うす》い皮膚《ひふ》に赤い色がついた。郁海の肌は痕《あと》が付きやすく、元が白いためによく目立つ。

注意しながら、肩《かた》や鎖骨《さこつ》や腕の付け根にキスをして、やがて胸元に辿《たど》り着いた。

ふと視界の端《はし》に、デジタル時計の数字が見えた。

「……戻《もど》ってる」

「え……？」

意味を掴《つか》みかねたというように、郁海は怪訝《けげん》そうな顔をした。

答える代わりに、加賀見はサイドテーブルのリモコンへと手を伸《の》ばし、ボタンを一つ指先で押した。

ピッという小さな音がして、室内に常夜灯がついた。

それで郁海は電気が戻ってきたことを理解し、ほっと息をついた。

「停電……直ったんですね……」

「そうらしい。これくらいなら、平気か？」

「真っ暗じゃなければ大丈夫《だいじょうぶ》です……。あの……」

問うような視線の意味は、確かめるまでもなくわかっている。電気が戻ったら、リセットされてしまうのかと問いかけているのだった。

加賀見は口《くち》の端《はし》を上げて言った。

「続きをしてもいいだろうか……？」

顔を近づけて尋ねると、かすかに、だがはっきりと顎《あご》が縦に動いた。

ゆっくりと胸に顔を伏《ふ》せて、加賀見は指で弄《いじ》っていなかったほうを口に含《ふく》み、ちゅっと音を立て吸った。

「んっ……」

鼻に掛かった声は、耳に心地よいほど甘い。

最初のときは抵抗《ていこう》をしないというだけだったが、今はすべてを加賀見に預けきって、すべてを受け入れようとしている。

刺激《しげき》を受けて硬くなった胸の突起《とっき》を、愛《いと》おしむようにして弄ってやる。

冷えかけていた肌が熱くなり、少しずつ息が乱れていくのが手にとるようにわかった。

まだ経験の浅い身体は、加賀見の与《あた》える刺激をすべて快感に変えることはできないようだが、それも時間の問題となるだろう。

今だって十分に、その反応は加賀見を楽しませてくれるけれど。

「ぁ……ん、ん……っ」

舌で舐《な》め上げて、歯を軽く当てると、過剰《かじょう》に思えるほどびくっと身体が跳《は》ね上がった。

その反応に郁海自身が驚いてしまったようで、ひどく恥《は》ずかしそうに横を向き、きつく目を閉じている。

空いた手を身体のラインに沿って滑《すべ》らせ、腰骨《こしぼね》のあたりに触《ふ》れたとき、また身体が大きく震《ふる》えた。

加賀見は思わず笑《え》みを浮《う》かべた。

「ここが、いいのかな」

胸から唇を離して、腰骨のその部分をきつく吸うと、郁海は小さく声を上げて身を捩《よじ》った。

郁海が喜ぶところを見つけるたびに、子供が何かを発見したときのように嬉《うれ》しさを覚え、心が騒《さわ》ぎ立った。

「やっ、ぁ……っぁ……!」

執拗《しつよう》に攻《せ》めると、細い声が救いを求めるようにして上がる。

ひとしきり喘《あえ》がせてから、唇を下のほうへとずらして、腿《もも》から膝《ひざ》まで口づける。それからふくらはぎ、足首と通って、その先の指を口に含んだ。

「な……っ」

慌《あわ》てて引っ込めようとするのを捕《つか》まえて、郁海の顔を見つめながら、ゆっくりと指に舌を絡《から》める。

逃げるようにして視線を逸《そ》らし、郁海は羞恥《しゅうち》に顔を歪《ゆが》ませた。

「変なこと……しないでください……っ」

声が上擦《うわず》っているのは、動揺《どうよう》のせいばかりでもないだろう。指の間を舌先で舐められ、ぴくんと指先が伸びるのは、そこで感じている証拠《しょうこ》だ。

反応が先日より顕著《けんちょ》なのは、心の準備ができて、加賀見を積極的に感じようとしているからだろうか。

何にしても、先日より愛おしさが増しているのは確かだった。

「ここも感じるだろう？」

そう強い快感にはならないが、気持ちがいいのは確からしい。感じやすい郁海ならば十分なはずだ。

ぎゅっと目をつぶって羞恥に耐《た》えている姿がたまらない。

唇はそれからまた上へと向かい始める。今度は膝の内側を通り、腿の柔らかな部分に唇を押し当てた。

「ん、ん……」

薄い皮膚を吸い、舌を這《は》わせ、歯を立てる。

少しずつ脚《あし》を開かせて、付け根の際どい部分にまでキスマークをつけた。白い肌に侵略《しんりゃく》の痕は妙《みょう》に艶《なま》めかしく、見つめる加賀見を煽《あお》り立てた。

加賀見は郁海の身体《からだ》を俯《うつぶ》せにさせて、腰を引き上げる。

「え……？」

「いい子にしていなさい」

双丘《そうきゅう》を手で摑むように親指で開き、あらわになったそこに舌を寄せた。

た。

反射的にびくりと身体が跳ねて、それから恐《おそ》る恐るといった様子で郁海は肩越《かたご》しに振《ふ》り返った。

「やっ……」

見なくても、どんな顔をしたのかはわかっていた。

「やだっ……！　やめてよ……！」

案の定、郁海は悲鳴を上げて暴れ出した。予想の範疇《はんちゅう》だったから、上から覆《おお》い被《かぶ》さることでそれを封《ふう》じ、宥《なだ》めるためのキスを背中にいくつも落とした。

「いい子にしてろと言っただろう？」

「だ、だって……」

「この間、指でしたのを覚えているか？　あれと一緒《いっしょ》だよ」

「一緒じゃないです……っ」

郁海は泣きそうな声で反論してきた。目的は一緒なのだが、それは郁海にとってまったく別のことらしい。

「騒ぐほどのことでもないだろう。あれくらい」

「で、でも、こないだはしなかったじゃないですか……っ」

「初めてだから、しなかっただけだ。カップルだったら誰《だれ》でもやっていることだぞ」

真顔で嘘《うそ》をつくと、郁海は惑《まど》いを強くその表情にのせ、そのまま黙《だま》り込んでいた。

少なくとも疑ってはいないようだ。加賀見としか経験がなく、知識も乏《とぼ》しい郁海には、否定するほどの根拠《こんきょ》もないのだ。どうやらその手の話をする友達も、積極的に知ろうという意識も持っていないらしい。

加賀見の教えることがセックスにおける郁海の基準になっていくのだ。たとえば近い将来、彼は男同士の性行為《せいこうい》に避妊具《ひにんぐ》は使わないのだと認識するはずである。ここにそれが用意されていない以上は、加賀見としても仕方がなく、今のところあえて説明する気もなかった。

そしてもう一つ、体内に射精した後の始末は、やった男がつけるものだと信じる予定になっている。

すんなりと受け入れられずにいるのを宥めすかして、ようやくまた腰を上げさせたときには、ずいぶんと時間が経《た》ってしまっていた。

そのプロセスを面倒《めんどう》だとは思わない自分が、加賀見には不思議でもあり、一方で当然のようにも思えた。

奥まった場所に舌を寄せ、頑《かたく》なさを解きほぐすために愛撫《あいぶ》をする。

「う……ぅ、んっ……」

いつか本当のことを知ったとき、郁海は真っ赤になって怒《おこ》るだろう。それを想像するだけでも自然と笑みがこぼれる。

強張《こわば》りが溶《と》けるまで丁寧《ていねい》に舐めてやり、それから尖《とが》らせた舌をゆっくりと差し入れた。

「やぁ……っ、あん……っん」

いつしか風は弱まって、雨の音も聞こえないほど小さくなり、ほとんど泣き声に近い喘ぎ声と、舌の立てる淫猥《いんわい》な音だけが部屋の中に響《ひび》いていた。


身体が甘く溶けだしている。

加賀見に揺《ゆ》さぶられながら、半ば朦朧《もうろう》とした意識の隅《すみ》で、郁海はぼんやりとそんなことを思った。

何度達《い》ったか、もう覚えてはいない。

腰が引かれ、肉をかき分けて押し入られると、総毛立つような凄《すさ》まじい感覚が走り、もはや声を抑《おさ》える術《すべ》もなかった。

加賀見と繋《つな》がった腰のあたりから自分がぐずぐずに崩《くず》れて、形をなくしてしまいそうだった。

もしかしたら、もうなくなっているんじゃないかとさえ思える。

少し前までは、自分がこんなふうに男に抱《だ》かれて嬌声《きょうせい》を上げてよがるなんて考えもしていなかった。理性が役立たずになるほどの快感が、自分の身体に訪れるなんてことも、予想だにしていなかった。

「あっ、ん……あっ、ぁああ……！」

深く深く加賀見が入り込んでくる。

最初のときは、こんな奥にまで入ってくるのかと怖《こわ》くなったし、今だって自分の身体が加賀見のものを飲み込んでいるなんて信じられないけれど、現に今、郁海の中には確かに加賀見がいて、その存在感を嫌《いや》というほど刻みつけている。

優《やさ》しいのに、優しくない。

乱暴なことはしないくせに、容赦《ようしゃ》はなくて、郁海はずっと泣かされっ放しだった。甘い責め苦に、息も絶え絶えだ。

それでも、嬉しかった。

加賀見は郁海を好きだと言ってくれる。欲しいと言ってくれる。

こうして抱いてくれて、執着《しゅうちゃく》を見せてくれることが、とても嬉しい。求められることの幸福感に、郁海は酔《よ》ってしまっていた。

身体と心が一緒に蕩《とろ》け、何も考えられなくなる。

「っぁ！　や……っ、だめ……そこ……あ、あっ……！」

内側から弱いところを攻められて、悲鳴を上げた。絶頂感と一緒に、目の前が白く弾《はじ》けて、奥深いところに加賀見の欲望を感じた。

意識が薄《うす》れかける中で、ずるりと中から加賀見が引き抜《ぬ》かれていく感触《かんしょく》を味わう。

思わず声を上げてしまうくらいには、過敏《かびん》に身体が反応してしまった。

優しいキスが繰《く》り返される。まぶたが重くてどうしても持ち上がらない。気持ちの良さに、このまま眠《ねむ》ってしまいたかった。

「んっ……や……」

熱を持って疼《うず》く最奥に、するりと何かが入り込んできた。郁海は薄く目を開けながら、加賀見の指だということを理解した。

まだする気なんだろうか。

もうできないのに。今までだって気持ち良すぎて泣いていたけれど、これ以上されたら、今度はつらくて泣き出してしまうかもしれない。身体は敏感になりすぎて、尖った胸に加賀見の腕《うで》が当たるだけでもピリピリと痛いくらいだった。

「やっ……ぁ……加賀見さ……っ」

怯《おび》えた顔をしていたのか、宥めるように額にキスされた。

「綺麗《きれい》にするだけだから」

「ん……」

大丈夫《だいじょうぶ》だと耳元で囁《ささや》かれて、全身の力が抜けていく。まるで催眠《さいみん》術にでもかかってしまったみたいだった。

加賀見の声には不思議な力があるのかもしれない。低くて、少し甘くて、耳に染《し》みこんでくるような気がする。

くちゅくちゅと、濡《ぬ》れた音がしているのさえひどく遠い。

「このまま眠って構わないよ」

声に導かれるようにして、本当に意識が沈《しず》み込んでいく。眠らないように必死に抵抗《ていこう》したものの、結局間もなくして郁海は眠りの中に落ちていった。

誰かの腕の中で目を覚ますという経験は初めてだった。

密着する肌《はだ》から相手の体温や鼓動《こどう》まで感じられて、それがひどく郁海を安心させ、満ち足りた気分にさせてくれる。

郁海が目を覚ましたと知ると、加賀見はその大きな手で髪《かみ》を撫《な》で始めた。

「きつかったか?」

からかうような口調なのに、見つめてくる目はとても優しい。半分くらいは本当に気遣《きづか》ってくれているらしいとわかり、嬉《うれ》しくなるのと同時に、たまらなく恥《は》ずかしくなる。

蕩けきった身体《からだ》はまだきちんと形を取り戻《もど》しておらず、昨夜の残り火がまだ深い部分にあるような気がしていた。

自然と顔が熱くなるのを自覚した。

「……死ぬかと思った……」

正直に言うと、加賀見は楽しげに目を細めた。ひどく満足そうな笑みだった。

「もう少し眠っていなさい」

笑いながらのキスは、軽く触《ふ》れるだけですぐに離《はな》れていく。

こういう行為《こうい》が自然に思える自分は、加賀見という他人をすっかり受け入れてしまったんだろう。

ドキドキするとか、相手のことばかり考えるとか、その程度の恋《こい》ならば小学校のときに経験したけれども、加賀見に対する気持ちはそれだけじゃなかった。

触れたくて触れて欲しくて、独り占《じ》めしたい。自分のことを見てくれて、欲しがってくれることがたまらなく嬉しくて、一挙手一投足に振《ふ》り回されてしまいそうなほど、感情が突《つ》き動かされる。

好きなのだろうと思う。

想《おも》う相手から想われるということが、こんなに嬉しいことだとは知らなかった。

身体はとても怠《だる》くて動きたくないほどだったけれど、それが少しも不快なものじゃないのは気持ちの問題なんだろうか。

甘怠《だる》いという言葉の意味を、初めて郁海は知った気がした。

猫《ねこ》のように、加賀見に擦《す》り寄った。

加賀見は郁海に何も聞こうとしない。郁海の気持ちを確かめようとも、何かを約束させようともしなかった。

それに安堵《あんど》すると同時に、大人の余裕《よゆう》を狡《ずる》いとも思ってしまうのだから、心というのはまったく手に負えない。

「僕も……狡いのかもしれないけど……」

するりと出た言葉に応じるように、加賀見は髪を撫でる手を止めた。暗に加賀見のことも狡いと言ったのがわかったのだ。

だがすぐに手の動きは再開された。

「年を取るともっと別の狡猾《こうかつ》さが身に付くようになるよ。経験が増えて、汚《きたな》いものもたくさん見るようになる。妥協《だきょう》と建前を覚えて、『仕方がない』ということが山のようにできるし、諦《あきら》めることも覚えるだろうな」

加賀見が自分に何を求めているのかが見えるような気がした。

だとしたら、郁海がそのうち大人になって、今持っているものを失ったら、この腕は離れていってしまうんだろうか。

もっともそれ以前ということもある。加賀見は先のことを何も口にはしないのだ。

それは今のこの状況《じょうきょう》が、非日常的な限られた時間だからじゃないだろうか。

現実から切り取られた特殊《とくしゅ》な状況。だからこそ加賀見は禁を破りもしたし、未来も語らないのではないだろうか。

たった今、幸せだと思ったばかりなのに、ちりちりと焼けるような小さな不安が胸の中を少しだけ焦《こ》がしている。

「加賀見さんは……」

言いかけて、口を噤《つぐ》んだ。

口にするのはあまりにも浅慮《せんりょ》だという気がした。これからのことを聞くなんていうのは、相手を困らせるだけのような気がしたし、そもそも郁海は自分の気持ちすらはっきりと伝えていない。そのくせ相手から約束を求めるなんていうのは一方的すぎる気がした。

先を促《うなが》すようにして加賀見の視線が向けられる。

このまま何も言わないわけにはいかなくなって、郁海は頭の中から捻《ひね》りだした質問を口にした。多少の不自然さには目を瞑《つぶ》る男だということはわかっていた。

「あの……田中さんのこと、どのくらい知ってるんですか？」

「どのくらい……というと？」

「年とか名前とかっていうプロフィールみたいなことじゃなくて、どういう人間かってことです。会ったことはあるんですよね？」

それも郁海の聞きたいことには違《ちが》いなかった。加賀見のことがこんなに郁海の中を占めるまでは、何よりも知りたかったことなのだ。

「人となり……ということかな」

「そうです。僕が知っているのは、実の子供より自分の立場が大切な人、ってことくらいですから」

険のある言い方になってしまう割には、拗《す》ねた子供の強がりが見え隠《かく》れしている気がして、郁海は顔をしかめた。

もっとさらりと言えればいいのに、言えない自分が嫌《いや》だった。

「まぁ、現状ではとても否定はできないな」

「やっぱり雇《やと》い主のことは言えないですか？」

だったらいい、と続けようとすると、加賀見は腕を狭《せば》めて郁海を抱《だ》きしめ、囁くようにして言った。

「君に弱みを握《にぎ》られるのも悪くないな」

弱みは隠すようなことを言っていたくせに、さらりとそんなことを口走る。これだから迂闊《うかつ》に信用できないと思う一方で、その言葉が嬉しくもあった。

「人のことはとやかく言えないんだが、子供みたいな男だよ。すべてが欲しいんだ。もちろん君も含《ふく》めてね」

「え……？」

「息子《むすこ》も欲しい。だが、妻と姑《しゅうとめ》は怖《こわ》い。離婚《りこん》も嫌だし、もちろん現在の地位も手放したくもない……。わがままな子供なんだ。そのくせ、食えない」

「……加賀見さんみたい」

ぽつりと思ったことを呟《つぶや》いたら、加賀見は一瞬《いっしゅん》黙《だま》り込んだ。それから急に、含み笑いが聞こえてきた。

「その通りだ」

軽くあしらわれているようで面白《おもしろ》くない。加賀見の言葉は、どこまでが本心なのかわかったものじゃなかった。

「いくら年を取っても、子供のままっていう人間は多いよ」

「そうなんですか……？」

「ああ。いつまでも思春期の子供みたいに傷つきやすい人間もいる。そういう者は生きにくいだろうな。だからいろいろなことを他人のせいにして、自分を守って生きていくようになるわけだ。中途半端《ちゅうとはんぱ》なプライドを後生大事に抱《かか》え込んで、自分は常に正しい被害者《ひがいしゃ》の顔をしてね。そのくせ自分は平気で人を傷つける。傷つけていることも、本当は守られていることも知らないでね」

ずいぶんと具体的だった。けれど憎々《にくにく》しげな響《ひび》きはなく、むしろ哀《あわ》れむような、悲しむような様子が垣間見《かいまみ》えた。

頭の中に、会ったこともない一人の人間が浮《う》かび、郁海は顔を上げて加賀見の顔をじっと見つめた。

「それ……田中さんの奥さんのことですか……？」

「さぁね」

加賀見は微苦笑《びくしょう》を浮かべ、曖昧《あいまい》に返事をした。

それきりしばらく黙《だま》り込み、やがてぽつりと続ける。

「ただ、その人はある意味幸せかもしれない。周囲に悪意が満ちていたら、そんなふうに生きてはいけないだろう。自分の幸せに気づかない、不幸な人とも言えるがね」

郁海には難しすぎて、どちらなのかはわからなかった。自分が不幸だと思っているならば、それはやはり不幸せだとも思えるし、いろいろなことで傷つきながらも、立ち直れないような痛みから守られているならば、幸せのようにも思える。

おそらく田中が郁海を認知しなかったのも、存在を隠そうとしたのも、そのあたりに理由があるのだろう。

田中という男は、もしかしたら優しいのかもしれない。だが単に自分が加害者になりたくなかっただけかもしれない。

だとしたら、狡い男ということになる。

やはりよくわからなかった。

（でも……何で加賀見さんがあんな顔するんだろう……）

田中夫人を哀れむのは理解できるとしても、あんなにやるせないような顔をするのは不思議だった。

だが胸に引っかかった小さな疑問は、すぐに加賀見によって意識の外へと追い出されてしまった。

「郁海くんは、まともな大人になりそうだな」

「そうですか……？」

「ああ。きっと綺麗《きれい》な大人になる」

よく意味がわからなくて、返事のしようもなかったけれど、郁海はくすぐったいような照れくささを覚えて、ふわりと花が綻《ほころ》ぶように微笑《ほほえ》みながら顔を伏《ふ》せた。

7

ここへ来て、どのくらいになっただろうかと、郁海は指を折りながら考えた。

新聞もなければカレンダーもないので、曜日感覚は専《もっぱ》らテレビ番組に頼《たよ》っている。今日は昼のバラエティのレギュラーが誰《だれ》それだから、何曜日だというように。

マンションを出たのは木曜日で、今日は土曜日。ここで二度の日曜日を迎《むか》えたのだから、約二週間だった。

それが長いのか短いのか、郁海にもよくわからなかった。

わかっているのは、人の気持ちが変化して別の形に変わったり、新しい関係ができ上がるのには十分な時間だということだ。

停電のあった夜以来、加賀見は郁海のベッドで眠《ねむ》っている。だからといって、また停電になったときの予防策として誘《さそ》ったわけではなく、向こうが勝手にそんなことを口にしてやって来るだけの話だ。

だから郁海は、加賀見の好きにさせてやっていた。自分でも呆《あき》れてしまうけれど、そういうスタンスしか取れないのだ。

まだ好きだとも告げていない。

何度も言おうと思っては、そのたびに怯《ひる》んで口が動かなかった。どうでもいいことや憎まれ口だったらいくらでも言えるのに、肝心《かんじん》のところで後込《しりご》みしてしまう。

意気地なしだと、溜《た》め息《いき》が出た。

そして加賀見も何も言わない。おそらく郁海が加賀見のすることを許しているので、それを返事の代わりと受け取っているのだろう。

何でもわかっているとでも言いたげな顔を見ていると、そんな気がしてきて、ずるずると告白は先延ばしになっていた。

（それに、今さらだし……）

毎晩のように……とまではいかないが、身体《からだ》が慣れるくらいには加賀見と寝《ね》た。

そんな状態だから、今さら改めて好きだなんて、かえって言いづらかった。告白というものには、やはり時期とかタイミングというものがあるのだ。

リビングのソファで膝《ひざ》を抱えて考えごとをしているうちに、日差しの暖かさに誘われてうとうとしてしまった。

気が付いたときには、横になって毛布を掛《か》けられていた。

「加賀見さん……？」

見回しても、求める姿は目の届く範囲《はんい》にはなかった。おおよそ滅多《めった》に加賀見は寝室《しんしつ》に籠《こ》もらないので、外にでもいるのかもしれない。

あくびをして、目を閉じた。

日は傾《かたむ》いて、温度が下がって来ているようだ。ぬくぬくとした毛布の中から出るのが嫌《いや》になるくらいである。

また眠りに落ちかけたところで、ドアの音がした。

玄関《げんかん》に通じる廊下《ろうか》を見やると、携帯《けいたい》電話を手にした加賀見がこちらに歩いてくるところだった。

改まった加賀見の様子に、郁海は少しだけ緊張《きんちょう》した。思い当たることは何もないのだが、加賀見の真剣《しんけん》な態度がそうさせたのだ。

「なるべく早く、ここを出よう。夫人に嗅《か》ぎつけられた可能性があるそうだ」

毛布にくるまったままソファに座る郁海に、加賀見は手を差しだした。今すぐにでも動こうということらしい。

部屋に向かって階段を上がりながら、郁海は尋《たず》ねた。

「まずいんですか?」

「あくまで可能性らしい。支度《したく》はどのくらいでできる?」

「ええと……五分……いえ、三分くらい」

「わかった。エンジンをかけて、車で待ってるから、なるべく急いでくれ。こっちは携帯電話とバッグ一つで済む。着替《きが》えは持たなくていいよ」

加賀見は郁海の背中を軽く押して、寝室に入って行った。

なるべく急いで、バッグに必要なものを詰《つ》め込んだ。とはいえ、郁海の荷物もそう多くはない。もともとが身一つで来て、後から必要なものが運ばれてきたくらいなのだ。実際には三分もかからずに終わった。

加賀見はもう外へ出て、エンジンをかけているようだった。

部屋を後にしようとして、郁海はふと立ち止まった。振《ふ》り返り、室内をじっくり見回すと、何とも言えない感慨《かんがい》が浮《う》かんだ。

使っていたのはたった二週間余りなのに、ひどく名残惜《なごりお》しかった。一人暮らしのマンションよりも、ここは郁海にとって居心地《いごこち》のいい場所で、同時にいろいろなことがあった場所でもあった。

加賀見に抱《だ》かれ、好きだと言われた。

そういう意味では、部屋だけじゃなく、一緒《いっしょ》に過ごした別荘《べっそう》自体が好きな場所だと言えるかもしれない。

特別な思い入れはあったけれど、二度と来られないと決まったわけじゃないし、当の加賀見が一緒なのだ。

強く拘《こだわ》ることでもないと自分に言って、再び歩きだした。

靴《くつ》を履《は》いて外へ出ると、すでに後部のドアは開いていた。助手席ではなく、こちらに座れということらしい。

ここで我を通すほど子供でもなく、郁海はおとなしく後ろに座ってドアを閉めた。間を置かずに車は動き出す。先日郁海が歩いて行ったのとは逆の道を進み、しばらく上っていたが、やがて下り始めた。

「眠かったら、横になって寝てもいいぞ。もうじき、道も良くなる」

「いいえ……」

確かにがたがたと車は細かく揺《ゆ》れていたが、眠らない理由は別だ。この状態で呑気《のんき》に眠れるほど郁海の神経は図太《ずぶと》くできていない。

「頼《たの》みがある」

「なんですか？」

助手席のシートにしがみつくような形で前屈《まえかが》みになって、運転する加賀見の顔をじっと見つめた。

「私を信じてくれ」

「はい？」

「今は、私の一存で言えないことがいろいろあるんだ。だから君も不審《ふしん》を抱《いだ》いたんだろうが、信じて欲しい」

真摯《しんし》な口振りに、自然と引き込まれていた。

加賀見から見えはしないのに大きく頷《うなず》くと、まるでその気配が伝わったかのように、ちらりと視線がこちらを向いた。

その目には確かに安堵《あんど》の色があったように思えた。

やがて車はいくつかの別荘が固まっている界隈《かいわい》に差し掛かった。そのほとんどは季節的なこともあって閉ざされていたが、たまに人の入っている建物もあった。

あのときこちらを選んでいたら、どうなっていたのだろうか。

考えたが答えは出てこなかった。無駄《むだ》なことだから、頭が真剣に考えることを拒否《きょひ》したのかもしれなかった。

さらに下ると、ペンションや店が見えてきた。

「それと、提案があるんだが……」

「提案？」

今度は何かと問い返した。すると加賀見は前を向いたままの姿勢で、淡々《たんたん》と驚《おどろ》くようなことを言ってくる。

「君も言っていたことだが、本当に田中氏と縁《えん》を切ってはどうかな」

「え……」

「つまり認知されることを諦《あきら》めて、相続も何もかも一切を期待しないという意味だ」

「別に相続は、要《い》りませんけど……」

もともと郁海は相続のことなんて考えていなかった。ただ、加賀見にも言われたように、父親として田中が自分の前に現れて、息子《むすこ》として見て話してくれることは期待していたような気がする。

だがそれはもう諦めつつある。いくら待ったところで、叶《かな》わないことだと実感させられた。

「両親……養父母がいくらか残してくれてるし、もともと田中さんとは、お金以外の繋《つな》がりなんてほとんどないし」

郁海の養育費を出しているのは義務だと加賀見も言った。言われる前から、郁海もわかっていた。

金の流れにしても、神保を通して行われる間接的なものだ。それだっておそらく人に知られないように上手《うま》くやっているのだろうし、直接的に田中が郁海と関係しているという部分はないはずだった。

「マンションを出れば、いいんですよね？」

「そうして私のところにくるといい」

さらりと告げられた言葉に郁海の心が歓喜《かんき》する。だが嬉《うれ》しいだけで済まないのが現実というものである。

郁海がいっそのこと、もっと子供だったり、常識がなかったりすればともかく、中途半端《ちゅうとはんぱ》に分別があるから気になることも浮かんできてしまう。

「あ……あの、でも……それだと、加賀見さんがまずくないですか？」

加賀見は田中に雇《やと》われている身だ。たとえ田中が郁海に対して情を持っていないとしても、すんなり認める話だろうか。

「雇《やと》い主でなくなればいいんだろう。それに、田中氏がもし認知したくなっても、できない状《じょう》況《きょう》を作ってしまえばいい」

「どういうことですか？」

「別の人間が認知してしまえばいいんだ。田中氏より先にね」

「……それって、言ったもの勝ちなんですか？」

「成人していれば、拒否もできるがね」

加賀見の答えに、郁海は溜《た》め息《いき》をつきたくなった。子供というものは、本当にいろいろな意味で無力で、大人の意思一つでどうとでもなってしまうのだ。だが加賀見はそれを逆手に取ろうという。

「私が認知するという手もあるが……そうすると、十六で父親になったことになるな」

「え……」

初めて郁海は加賀見の年を知った。素早《すばや》く頭の中で足し算をし、だいたいそんなものだろうとは思ったが、年齢《ねんれい》差を数字で言われると次の言葉が出てこなくなる。

まだ十五の郁海には、十六歳年下という人間などこの世に存在しないのだ。

これでは子供扱《あつか》いも当然だと溜め息が出た。

「どうした？　思っていたよりオヤジだったか？」

「そうじゃなくて……加賀見さんは、きっとそれくらいだろうなって思ってましたけど、十六も違《ちが》うんだなって思って……」

「もっと若いほうがよかったか？」

「そんなこと思ってないです……！」

笑いながらの問いかけが本気であるはずはないと思ったが、郁海はついムキになって言い返してしまった。

むしろそれを聞きたいのは郁海のほうだった。

よくこんな子供に手を出そうなどと思ったものだ。本当に加賀見は自分でいいんだろうかと、疑問に思ってしまう。

「加賀見さんこそ……もっと大人のほうが良かったんじゃ……」

「放《ほう》っておいたって、君はそのうち大人になるよ。大人の恋愛《れんあい》は、そのときになったらすればいいだろう」

「……はぁ」

今の郁海には生返事しかできなかった。

「で、認知のことはどうしたい？」

「いきなり言われても、よくわかりません。でも……」

郁海は言いよどんで加賀見の横顔を見つめた。

いつの間にか外の景色は町並みになっていて、人や車の姿も見えるようになっていた。スモークを張った車だから、外から見られることもないだろうが、郁海は下向き加減になって目だけちらりと加賀見に向けていた。

「でも、何だ？」

「……加賀見さんと親子になるのは、嫌《いや》です」

もちろん形式上だということは理解しているが、それでも嫌だった。

加賀見に求めているのはそんな関係じゃない。下手に戸籍《こせき》上の立場を作ってしまったら、それに縛《しば》られてしまうんじゃないかという不安があった。

それに、あまりにいきなりだった。

「良かった」

笑いながら言われて、郁海はきょとんとして彼を見つめた。

断られて良かった、というのは何だろうか。その疑問に対する答えは、すぐに加賀見の口から出てきた。

「父親を求められていたら、どうしようかと思った」

「違います」

ムッと口を尖《とが》らせると、まるでそれが見えているように加賀見は笑った。

　加賀見が側《そば》にいてくれることで、父親に対する無意識の思慕《しぼ》が薄《うす》らいだのは事実だけれども、だからといって代わりにしたわけじゃない。

　息子として愛情を求めるのと、加賀見に愛して欲しいと思うのはまったく別だ。

「私も親子は嫌でね。養子縁組《えんぐみ》と違《ちが》って、認知は本当の親子になってしまうからな。そうなると、やはり神保さんか……」

「でもそんなこと人に頼《たの》めないですよ。神保さんだって、家族がいるんでしょう?」

「ああ」

「別にこのままだっていいです。マンションさえ出ればいいじゃないですか」

「後のことを考えると、はっきりさせてしまったほうが……」

　言いかけたときに、携帯《けいたい》電話が鳴り始めた。加賀見はちらと液晶《えきしよう》画面に目を走らせ、すぐに車を路肩《ろかた》に寄せて停止させた。

　そうして通話ボタンを押しながら外へ出た。

　車外で加賀見は誰《だれ》かと何かを喋《しやべ》っている。相手が誰かはわからないが、どうしていつまで経《た》っても郁海に隠《かく》すように話すのか、そこだけは釈然《しやくぜん》としないものがあった。

　やがて電話を終えた加賀見が戻《もど》ってきて、再び車を走らせ始めた。

「……どこに行くんですか?」

「伊豆《いず》のリゾートマンション、だそうだ」

加賀見は端的《たんてき》に答えるだけで、詳《くわ》しい説明を何もくれなかった。彼自身もまだ何も知らないのかもしれない。

郁海は鼻を鳴らしてシートに背を預けた。

車は高速道路に乗って、東京方面へ走っている。窓からは色づき始めた山が見えていた。

「……加賀見さん」

「うん？」

「来年の話、してもいいですか？」

わざと曖昧《あいまい》な言い方をした。

たとえば年が明けたときや、郁海が受験をしているときに、加賀見はどこにいるんだろうかと、そんなことばかり考えてしまう。

今はほんの数日後のことだって見えはしないのだ。

好きな人を心のどこかで疑っている自分が嫌になる。そして疑問をはっきりと追及《ついきゅう》できない不甲斐《ふがい》なさも。

「漠然《ばくぜん》としているな」

「だって、加賀見さんは自分のこと何も教えてくれないじゃないですか。一緒《いっしょ》に住むって言ってくれたけど、どこだかも知らないし……」

「ああ……」

わかっていたくせに、と郁海は心の中で呟《つぶや》く。言われて気が付いたのではなく、最初から加賀見は故意に黙《だま》っていたはずだった。

「編入、したいし……そうなると、場所なんかも大事だし……」

もごもごと歯切れも悪く訴《うった》えていると、加賀見は耐《た》えきれないといった様子でかすかな笑《え》みをこぼした。

こちらは真剣《しんけん》なのに、と郁海は柳眉《りゅうび》を逆だてた。

「何ですか」

「いや……面白《おもしろ》い子だなと思って。変に現実的なんだな」

「変って……」

「悪い意味じゃないぞ。バランスが面白いって言ってるんだ」

フォローのつもりらしいが、郁海は今ひとつ納得《なっとく》できなかった。面白いとか変だとか、とても誉《ほ》めているようには聞こえない。

「僕って、加賀見さんにとっては面白いオモチャなんですか……？」

拗《す》ねているのがわかったらしく、加賀見は柔《やわ》らかな声で言った。

「オモチャを抱《だ》く趣味《しゅみ》はないな。ごまかしていると思われたくないから、さっさと言うが、今は恵比寿《えびす》に住んでいるよ」

「あ……それじゃ、割と近いんですね」

「進路は変えずに済みそうだな」

さらりとした口調は、まるで郁海が一緒に暮らすことを前提としているようだった。それが無意識のものか否《いな》かはわからない。

明日からのことは、何もかも加賀見を込みで考えてしまっていいんだろうか。わずかな抵抗《ていこう》を見せながらも、郁海は傾《かたむ》いていく心を止められなかった。

高速に乗ってしばらく走り続け、首都高に入る前の最後のサービスエリアで休憩《きゅうけい》を取った。駐車《ちゅうしゃ》スペースの広さに見合った車の多さに、駐車場所は自《おの》ずと建物から少し離《はな》れてしまったが、今日は外へ出るのを止められることもなかった。

「……そうか……土曜日だっけ……」

車がやたらと多いのも頷《うなず》けた。

秋も深まって、紅葉も綺麗《きれい》になった土曜日で上天気とくれば、絶好の行楽日和《びより》である。人出が多いのは当然だろう。

郁海のジャケットは泥《どろ》だらけになったままだったので、今は加賀見のレザージャケットを借りていた。

「何がいい？」

紙コップ式の販売機《はんばいき》の前で尋《たず》ねられた。

「えっと……そっちがいいです」

郁海は別の販売機を指し示した。どこにでもある缶入《かんいり》飲料のほうで、炭酸系のものが飲みたかったのだ。

加賀見はリクエスト通りのものを買ってくれた挙げ句に、プルまで開けて手渡《てわた》してくれた。恥《は》ずかしくなってしまって、郁海は目を逸《そ》らしていた。

「……ありがとうございます」

端《はた》から見たら、自分たちはどういう関係に見えるのだろうかと疑問が湧《わ》いた。兄弟には年が離れすぎているし、親子では加賀見が若すぎる。だからといって、間違《まちが》いなく恋人《こいびと》同士になど見られないはずだった。

「ちょっと、ここにいてくれるか。鍵《かぎ》を受け取ってくる」

「え……」

「すぐに戻る」

「……はい」

軽く肩《かた》に手を置いて、加賀見は歩いていってしまった。

最初からそういう話になっていたのだろう。リゾートマンションとやらの鍵を、ここで誰かと落ち合って受け取ることになっていたわけだ。

郁海は加賀見の背中を見送りながら溜《た》め息《いき》をついた。結局、郁海は一緒にいってはいけないらしい。

ぼんやりと加賀見を眺《なが》めていると、彼と擦《す》れ違った女性が振《ふ》り返って彼を目で追っているのや、離れた場所にいる人たちが彼を見ているのがわかった。

（かっこいいもんな……）

郁海の目から見てもそうなのだから、女性の目にはさぞかし「おいしい」ことだろう。あんなに目立つ男といたら郁海まで注目を浴びてしまうということだから、つまり今までも気が付かなかっただけで、周囲から見られていたに違いない。

そう自覚してみれば、こちらを見ている人間が何人かいるようだ。

居心地《いごこち》の悪さを感じ、少し場所を移動しようと、買ってもらった炭酸飲料を手に歩きだそうとしたとき、手元に軽い衝撃《しょうげき》を感じた。

「あっ……」

よそ見をしながら歩いていた女性と、手元が接触《せっしょく》してしまったのだ。

ごとん、と派手に音を立てて、その中身が床《ゆか》に落ちる。だが慌《あわ》てて缶を起こしたから、さほど中身は流れ出さずに済んだ。

「やだっ、ごめんなさい！」

郁海よりはずっと年上だが、若い女性だった。

「あ、いえ。僕もよそ見してたから」

「でも思いっきり当たっちゃったし。あ……ちょっと待ってて。ね、待っててよ？」

女性はきょろきょろと周囲を見回して、先ほどの販売機で同じ飲み物を買うと、はい、と言いながら郁海にそれを差しだした。

「あの……」

「弁償《べんしょう》ね。まだほとんど飲んでなかったみたいじゃない。ほんと、ごめんね」

顔の前で拝むように手を上げて、すぐに彼女は売店のほうへ行ってしまった。両手に缶を持つことになった郁海は、結局落としたほうの缶を捨てて、新しくもらったほうのプルを開けて口を付けた。

建物の出入り口あたりに立っていると、加賀見がこちらに向かって歩いてくるのが見えた。ただ歩いているだけなのに、やけに絵になる男だと思った。知的でいかにもきちんとしていそうなのに、どこか危険な匂《にお》いがする。果たして弁護士という職業に、それが相応《ふさわ》しいのかどうか、郁海はわからなかった。

加賀見は周囲の視線と一緒に、郁海の元へとやって来た。

「鍵、受け取ったんですか？」

「ああ。行こうか」

自然に肩を抱かれ、車に向かって歩きだす。

手にした缶を見て、先ほどのことを言おうとしたのだが、やめてしまった。

ぼんやりしていると笑われるか、知らない人に物をもらったと呆《あき》れられるか、どちらかだと思ったからだ。

「誰《だれ》かに声をかけられたりしなかったか?」

「声って……」

「慣れ慣れしい男とか」

郁海はきょとんとして首を横に振った。言葉を交わしたのは女性だし、あれはぶつかったのであって声をかけられたわけではなかった。

「それはよかった。男が何人か君を見ていたから、ちょっと心配でね」

「田中さんの奥さん側の……?」

警戒《けいかい》しなきゃいけないほど、危機的状況《じょうきょう》にあるのだろうか。そう思って緊張《きんちょう》感を漂《ただよ》わせると、加賀見は思わずといった様子で笑った。

「自覚がないんだな。蓉子夫人とはまったく無関係だよ。君の大嫌《だいきら》いな話だ。男から告白されたことはあるんだろう?」

「あ……」

そういうことかと合点がいった。けれどもそれは加賀見の視点であって、事実とは限らない

のだ。

「でも、それは考えすぎです」

「そうかな」

加賀見は言いながら後部座席のドアを開けてくれた。自然にやっているが、これはかなり恥ずかしいことだ。運転手付のご令息か、さもなければエスコートされている女性みたいで落ち着かなかった。

照れ隠《かく》しをするように、郁海は早口にまくし立てる。

「だって、そういう趣味《しゅみ》の人がそんなにいるわけないじゃないですか。女の人だって、たくさんいたんだし、わざわざ男に声かけなくたって」

「確かにな。ただ、見たところ君が一番可愛《かわい》かったね。心細そうに立っているところが、やけに目を引いた。もしかしたら女の子だと思っていたやつもいたかもしれないな」

「そ……そんなの……」

郁海は逃《に》げるようにして車の中に身体《からだ》を滑《すべ》り込ませた。

目を引くのは加賀見が最初から郁海を捜《さが》していたからだ。主観的な話であって、他《ほか》の人間がそうというわけじゃないだろう。

それに一番可愛いなんていうのも、恥ずかしいばかりでどう反応したらいいものかわからなかった。

加賀見は運転席に乗り込んでくると、振り返って笑《え》みを浮《う》かべた。

「実際、君は綺麗《きれい》な子だよ」

面と向かって言わないで欲しい。この手のことは答えようがなくて困ってしまう。

郁海は俯《うつむ》いたまま炭酸飲料の缶を握《にぎ》りしめて、加賀見の視線が早く去ってくれないものかと固まっていた。

なのに加賀見は、いつまで経《た》ってもエンジンをかけようとしない。

「どうして見ているだけで声をかけてこなかったか教えてあげようか」

「男だからでしょう？　それに、子供だし……」

仮に加賀見が言うように女の子だと思われたとしても、一見して中学生に思える相手に普通《ふつう》は声なんてかけないだろう。高速のサービスエリアにそのくらいの年の子がいたら、まず保護者と一緒《いっしょ》というのが一般《いっぱん》的だし、そもそもそんな場所でそういう相手をナンパする人間がいるものだろうか。

なのに加賀見は笑いながら言った。

「それも正解だが、もう一つ原因がある」

「……何ですか？」

「そのジャケットだよ」

意味がわからなくて、郁海はまじまじと自分が来ているレザージャケットを見つめた。柔《やわ》らかな黒のラムで、いかにも物が良さそうという他は、何も変わったところはないように思えた。

「いかにもサイズが合わないからな。私がいなくても存在感は強いというところかな」

加賀見の声を聞きながら、長すぎる袖《そで》や裾《すそ》を見て、そうかと納得《なっとく》した。この体格に見合う保護者が一緒にいるというアピールになっていたわけである。

もっとも保護者という考えは郁海のものであり、加賀見は口には出さないが〈男〉という意味で言っていた。

もちろん微妙《びみょう》なすれ違《ちが》いに気づいているのは加賀見だけだ。

笑いながら彼は続けた。

「我ながら子供じみていると思ってるんだが、実に気分が良かったね」

「何の話ですか？」

「私の服を着た君の肩《かた》を抱《だ》いて、退場した話」

「は……？」

今度こそ郁海は怪訝《けげん》そうな態度を隠そうともせず、まじまじと加賀見を見つめた。何だか言っていることがよく理解できなかった。

黙《だま》っていると、加賀見はようやく前を向いてキーを回した。

「いくつになろうが、男は単純な生き物だってことだよ」

謎《なぞ》かけのようだった。少なくとも郁海にとってはそうだ。言葉の意味はわかっても、まったく理解が追いつかないのだ。

ゆっくりと車が走り出す。サービスエリアを出て、本線に戻《もど》った頃《ころ》には、外は薄暗《うすぐら》くなり始めていた。

目的地へ着く頃には間違いなく真っ暗だろう。

「あの……」

「どうした？」

「リゾートマンションて……周りに街灯とか、明かりはありますよね？」

「ああ……そうか」

郁海の恐怖症《きょうふしょう》のことをすぐに思い出してくれたらしい。加賀見は少し黙ってから、たぶん、と前置きして言った。

「別荘《べっそう》よりは明るいんじゃないか。共有スペースには照明が入っているはずだしな」

「そうですよね……」

ほっと胸を撫《な》で下ろし、郁海は残りの炭酸飲料を飲んだ。

何だか少し眠《ねむ》くなってきてしまった。この間といい、車に乗ると眠くなってしまう癖《くせ》でもついたのだろうか。

「眠いのか？」

「……少し……」

「いいぞ。横になりなさい。まだ当分、かかりそうだからね」

本当は起きていたかったのだが、睡魔《すいま》に逆らうことはできずに結局横になった。すうっと意識がどこかへ吸い込まれていくような感覚を最後に、郁海は眠りの中へと落ちていった。


話し声がしている。

意識だけが半分覚醒《かくせい》したような状態で、身体はまだ指先すらぴくりとも動かせない。半分が現実で、残りがまだ夢の中にあるような感じだった。

聞こえてくるのは加賀見の低い声だ。それと、聞き慣れない高い声がもっと遠くから聞こえていた。

車は止まっていたが、エンジンはかけたままで、誰かと話しているようだった。

苦労してようやく薄目を開けると、窓から切り取られた小さな空はすでに真っ暗だった。曇《くも》っているせいか、星は見えない。

外からの明かりで、怖《こわ》いほどの暗さはなかった。

「任せると言ったのは、どなたでしたっけね」

丁寧《ていねい》な、けれどもどこか投げやりな言い方だった。

相変わらず身体は重いままだから、郁海は再び目を閉じて、ふわふわとした感覚の中に身を任せた。

「それより、こんなところに出てこられては困りますよ」

加賀見の声は、すぐ近くから聞こえている。運転席に座っているようだった。そしてもう一人の声も、そんなに遠くはない。

窓が開いているのか、外の音もよく聞こえてくる。車の音が遠くなったり近くなったりしていた。

「あなたがいつまでも、そんな子供に手こずっているからよ」

（そんな子供……？）

誰を差してのことか、すぐには理解できなかったけれども、その言葉が郁海に不快感を与《あた》えたことは確かだった。

「だからといって、これは少々軽率《けいそつ》だと思いますがね」

「薬は飲ませたんでしょう？　だったら大丈夫《だいじょうぶ》よ。それより、さっさと認知でも何でもしたらどうなの。十五の子供一人、丸め込めないの？」

「近いうちに、何とかします」

「とにかく、早くその子を何とかしてちょうだい。私だって過激なことはしたくないのよ。でもどうしてもだめなら……」

認知だとか、十五だとか、思い当たる言葉が羅列《られつ》される。そして「その子」と言われて確信した。

これは郁海の話なのだ。

大きく目を瞠《みは》り、震《ふる》えそうになる手でぎゅっと袖を握りしめた。

「わかってますから、とにかく動かないでください。間違っても、別の人間に何かさせるような真似《まね》はしないでいただきたいですね。邪魔《じゃま》ですから」

突《つ》き放すように加賀見が言うと、少し間が空いてから女性の声が聞こえた。

「いつからそんな口が利《き》けるようになったの」

嫌悪《けんお》をあらわにしたような口振《くちぶ》りに、加賀見はさもおかしそうに笑った。

「知りませんでしたか。ずっと昔からですよ」

聞いたこともないような、皮肉めいた言い方だった。

「その子に同情しているの？　自分と同じだから？」

「関係ありませんね」

ずきんと胸が痛んだ。

郁海は両手をついて、ゆっくりと上体を起こす。何をしようとか、何を言おうとか、そんなことはまったく考えていなかった。

身体《からだ》が勝手に動いていたのだ。

気づいたのは二人同時だった。

「郁海くん……！」

「どういうことなの！」

ヒステリックな声だったが、郁海の耳にそれが入ることはなく、意識のすべてが加賀見に向かっていた。

ルームミラー越《ご》しに、視線がぶつかった。

動揺《どうよう》する加賀見を見るのは、これが二度目だ。

あのときは嬉《うれ》しかったけれども、今日は違った。どうしてそんな顔をするのかと悲しくなった。

確かめるまでもなく、そこにいる女性は田中蓉子という人なのだろう。郁海を邪魔に思って、何とかしようとしている人物だ。彼女の手から逃《のが》れるために、郁海は加賀見と一緒《いっしょ》にマンションを出たはずだった。

なのに、彼女はここにいる。

加賀見に対して解《げ》せなかった部分が、これで説明づけられた気がした。

好きだと言ったくせに、一緒に暮らそうなんて囁《ささや》いたくせに。甘い言葉と優《やさ》しい仕草で、郁海を溶《と》かしたくせに。

「嘘《うそ》は言わないって……言ったのに」

すんなり信じたわけじゃなかった。何度も疑って、そんな自分が嫌《いや》になるくらい考えて、ようやく加賀見を信じたのに。

明日からの自分を考えるとき、そこにいつでも加賀見がいることを、くすぐったいような気持ちで受け入れてしまったのに。

「……嘘つき……」

加賀見は何も言ってくれない。

違《ちが》うのだと、嘘でもいいから言ってくれたら、郁海はそれを信じるかもしれない。

矛盾《むじゅん》していると思う。嘘は嫌だと思いながら、一方でそれでもいいと望む自分がいるなんて、おかしくなったんじゃないかと笑いたくなる。

「嘘つき、嘘つき！　大……嫌《きら》いだ……！」

そして嘘つきは郁海も一緒だった。

けっして振り向こうとしない加賀見の顔が、細長いミラーに映っている。

結局、自分たちはそういう距離《きょり》だったのかもしれない。加賀見はこんなに近くにいるけれども、郁海が見つめているのはルームミラーに映っている姿で、それを単に見つめ合っているのだと誤解していただけで……。

郁海は俯《うつむ》いて、ジャケットを脱《ぬ》いだ。

身体を包んでいた温かさが、跡形《あとかた》もなく消えてしまった。

後ろのドアを開けて、車から飛び出した。

考えてしたことではなかった。外へ出てから、ここがどこかのサービスエリアだとわかったけれども、車に戻《もど》ろうとは思わなかった。

「郁海くん！　待ちなさい！」

加賀見が追ってくる気配がする。

反射的に、駆《か》け出していた。加賀見が蓉子と繋《つな》がっているとか、捕《つか》まったらどうなるとか、そんなことはどうでも良かった。

これ以上、加賀見の近くにいたら泣き叫《さけ》んでしまいそうで、それだけは絶対にしたくないと思っただけだった。

車の間を縫《ぬ》って、無茶苦茶《むちゃくちゃ》に走った。どこへ行けばどうなるなんていうことは、まったく考えなかった。

「危ないから走るんじゃない！」

加賀見の叫び声が聞こえたときには、郁海はもう車の間から飛び出していた。

ドン、と衝撃《しょうげき》が全身を包んだ。

何が起こったのかわからないまま、アスファルトの上に叩《たた》きつけられて、喉《のど》の奥からくぐもった声が漏《も》れる。

後から、車にぶつかったらしい、と他人《ひと》ごとのように思った。

背中と腕《うで》と脚《あし》が痛くて、声が出ない。声どころか、息だって苦しかった。

「郁海くん！」

加賀見の声がして、頰《ほお》に手が添《そ》えられる。それだけで、痛みが和《やわ》らぐような気がするのは、どうかしているのかもしれない。

だがきっと大したケガじゃない。冷静な部分が、まるで他人ごとのようにそう分析《ぶんせき》していた。サービスエリアの中だから車は徐行《じょこう》していたはずだし、はねられたというよりは、郁海が車にぶつかって転んだようなものだろう。

頭だって痛くない。そこを打った覚えはなかった。

郁海はゆっくりと目を開ける。

暗くて加賀見の顔ははっきりと見えないが、必死な表情を浮《う》かべているように思えた。郁海が別荘《べっそう》から逃《に》げ出したときも、こんな顔をしてくれた。

あのときはただ嬉しくて、今は少しせつない。

「喋《しゃべ》れるか？」

意識の有無《うむ》を確認しようと加賀見が話しかけてくる。

郁海は唇《くちびる》を動かして、結局声は発しなかった。加賀見の顔を見たら、何も言えなくなってしまったのだ。

だが郁海が声を出さなかったことで、加賀見はますます苦渋《くじゅう》に満ちた顔になった。後悔《こうかい》と不安を隠《かく》そうともせず、余裕《よゆう》など微塵《みじん》もない姿をさらしている。

そこに嘘はないように思えた。

少なくとも心配はしてくれるのだ。

それだけで、もういい。郁海にケガをされたら立場的に困るというだけであっても、構わなかった。

「今、救急車が来るから」

言葉が意味を成さずに郁海の中を擦《す》り抜《ぬ》けていく。何かいろいろと言われたような気がしたけれど、何一つ理解できなかった。

あたりが騒《さわ》がしくなって、地面の冷たさが全身にじわじわと染《し》みてくる。

抱《だ》きしめてくれたら良かったのに、加賀見は抱き起こそうともしないで、傍《かたわ》らに膝《ひざ》をついて頰や髪《かみ》を撫《な》でている。動かしてはいけないというのが大基本であっても、今の郁海には関係なかった。

目を閉じると、手のぬくもりだけが感じられる。

中途半端《ちゅうとはんぱ》に優しくしないで欲しい。そんな、矛盾したことをまた考えた。

「すまない……。だが……」

薄《うす》れていく意識の中で、苦しそうな声を聞いた気がした。

8

目を覚ましたとき、近くには白衣を着た人たちが何人かいるだけだった。

いろいろなことを質問されて、平気だと言っているのにあれこれと調べられて、広い病室へと移された。

数日、入院しなくてはいけないそうだ。

確かにいろいろなところに痛みはあるけれど、それは打撲《だぼく》だとわかっているし、頭を打っていないことは覚えている。骨折だってないし、縫わなきゃいけないほどの傷だってない。

こんな必要はないと思うのだが、聞き入れてはもらえなかった。

郁海は窓の外を見て溜《た》め息《いき》をついた。

一人になってからは、考える時間が山のようにあって、おかげでいろいろなことを理解してしまった。

たとえば、最初の日に郁海がもらったコーヒーのこと。あれには薬が入っていたから、郁海は翌朝まで目が覚めなかったのだろうし、同じものが加賀見の買ってくれた炭酸飲料にも入れられていたのだろう。だから加賀見は入れやすいように紙コップ式の飲み物を買おうとしたわけだ。

壊《こわ》れた携帯《けいたい》は加賀見が故意にやったのだろうし、隠れるようにしていた電話のうち何度かは、夫人の蓉子側と連絡《れんらく》を取っていたのだろう。

加賀見は一体、どういう立場の男なんだろうか。あのとき蓉子夫人は、ずいぶんと長い付き合いのようなことを言っていた。加賀見が別荘で明らかに夫人のことだとわかる話をしていたときも、どこかやるせないような口振《くちぶ》りだった。

今、加賀見はどこにいるのだろうか。意識を失うまで撫でてくれていた優《やさ》しい手は、二度と戻っては来ないのだろうか。

ふいにノックの音がして、郁海は緊張《きんちょう》した。

「……どうぞ」

一拍《いっぱく》置いてから、慎重《しんちょう》に答える。

固唾《かたず》を呑《の》んでドアが開くのを見つめていたが、姿を現したのは期待した相手ではなかった。

久しぶりに会う、神保だった。

「こんにちは……」

「具合はどうだい？」

労《いたわ》るような笑顔《えがお》を浮かべながら、彼は一人でやって来た。応接セットまである部屋だが、彼はそこには座らずに、ベッドサイドの椅子《いす》に腰掛《こしか》けた。

「入院しなくても大丈夫《だいじょうぶ》なくらいだと思うんですけど……」

聞きたいことは山のようにあったけれど、郁海はそれをじっと堪《こら》えた。態度や視線には露骨《ろこつ》に表れているんだろうなと思いながら。

「いや、きちんと検査をしないとね。何たって、車にはねられたんだから」

「あ、でも車は徐行してたし、僕が勝手にぶつかって倒《たお》れたようなものですから」

「目撃《もくげき》者の話によるとね、相手の車は徐行のスピードではなかったそうだよ。まぁ、普通《ふつう》の道路よりはマシだろうが、交通事故には変わりないんだからね」

何だかぶつかった車のドライバーが気の毒だ。制限速度をオーバーしていたのはまずいだろうが、郁海にだって飛び出した責任というものがある。

「明日、見舞《みま》いに来るそうだ」

「えっ……？」

思わず過剰《かじょう》に反応してしまってから、事故の相手だと気が付いた。無意識に加賀見のことを考えた自分が恥《は》ずかしくなる。

それが神保にもわかったらしく、彼は困ったように続けた。

「その、相手のドライバーなんだがね」

「……はい」

「それで、いくつか聞きたいことがあるんだが……」

神保はひどく歯切れの悪い口調で言う。思案顔で、どう切り出そうかと迷っているように見えた。

郁海は自分から、その名前を出した。

「加賀見さん……ですか……？」

「そうなんだ。何か言っていなかったか？　その……不審《ふしん》な様子というか、たとえば何か妙《みょう》な行動を取ったとか……」

「どういう意味ですか？」

「連絡が取れないんだよ。病院まで付き添って、検査の間はいたようなんだが……」

溜め息をつく神保を見つめたまま、郁海は混乱しそうになる頭の中をどうにか落ち着かせた。

「あの……加賀見さんて、神保さんのとこの人なんですよね……？」

「以前はね。今はもう辞《や》めて、田中氏の仕事をしているんだよ。それで、君の〈お目付役〉を頼《たの》まれたわけなんだが……」

次から次へと郁海が、気に入らないと言って〈お目付役〉を交代させたことは神保も知っているのだ。

「田中さんに聞けば、わかるんじゃないですか？」

「知らないと言うんだよ。まだ蓉子夫人のことも片づいていないというのに……」

郁海は溜め息まじりの神保をじっと見つめた。

彼は加賀見と蓉子夫人が会っていたことを知らないようだった。少なくとも、それが問題になっている様子はない。

　あのとき、夫人は細心の注意を払《はら》って加賀見と接触《せっしょく》していたのだろうから、郁海が事故を起こしている間にあの場を立ち去って、知らぬ顔を決め込んでいるのだろう。そして加賀見も当然、そのことは黙《だま》っているのだ。

　言うべきなのだろうと思う。加賀見は田中を裏切っているのだから。

　郁海に対してもそうだ。騙《だま》して、弄《もてあそ》んで、裏切った。きっとこんな子供を騙すのは簡単だったたろう。仕掛けた恋《こい》に簡単に引っかかった郁海は、さぞ滑稽《こっけい》だったに違《ちが》いない。

　神保はひどく言いにくそうに口を開いた。

「その……妙な噂《うわさ》が出ていてね。このままでは彼の立場が非常にまずい」

「噂って……？」

「ああ、うん……それが、加賀見は蓉子夫人の異母弟だっていう、とんでもない噂なんだ」

　郁海は目を瞠《みは》って、言葉もなく神保を見つめた。どの程度の信憑性《しんぴょうせい》があるのか、視線で問いかけた。

　あくまで噂、と前置いて説明は続いた。

「先代会長が外で作った子供じゃないか……と言われてるんだよ。それと言うのもね、加賀見は亡くなった会長の若い頃《ころ》にそっくりなんだ」

　生返事をしながら、郁海は加賀見と蓉子の会話を思い返していた。あのときの雰囲気《ふんいき》は、確かにその噂に違和《いわ》感なくはまっている。それに夫人は「自分と同じ」というようなことを加賀見に言っていた。それはつまり、加賀見が郁海と同じく、認知してもらえなかった子供ということではないだろうか。

「何か気がついたことはなかったかな。加賀見に何か妙なことを唆《そそのか》されたりとか、危害を加えられそうになったとか……」

神保の声に、郁海は我に返った。

「……いえ、何も」

「そうか……」

神保は心底ほっとした顔をした。それは郁海の無事に対するものでもあるだろうし、加賀見をクロだと断定せずに済んだことへの安堵《あんど》でもあるだろう。

「加賀見さん……このままだと、どうなるんですか？」

「君にケガをさせた責任というものもあるからね、それを追及《ついきゅう》されることになるだろうし、無断で行方《ゆくえ》をくらませているのもまずい。間違いなく、切られるだろう」

「……そうですよね」

迷っていた心はそれで決まった。加賀見が田中の仕事から外れるというならば、わざわざ郁海が見聞きしたことを暴露《ばくろ》しなくても構わないはずだ。どうせ田中は、郁海のことが夫人にバレなければそれでいいのだろうし、加賀見がいなくなれば、仕事にも問題は出ずに済む。

後は郁海さえ、夫人の目の届かないところへ行けばすべて解決だ。

「神保さん、お願いがあるんですけど」

郁海はまっすぐに神保を見つめた。

「何かな」

「僕、田中さんと無関係になりたいんです。今だって、お金だけだから、あんまり変わらないと思いますけど……」

さほど意外な申し出でもなかったのか、神保は特に驚《おどろ》いた様子も見せなかった。この三年間を見てきたのだから、ある程度は予測していたのかもしれない。

だが簡単に頷《うなず》きもしなかった。溜《た》め息《いき》をついて、苦笑をこぼした。

「ここを出て、どこに住むんだね？」

「どこか、アパートでも借りてもらえると助かるんですけど」

まだ高校生の郁海には、一人で住むところを用意することもできない。保護者が必要な年なのは承知していた。

そして神保は郁海の後見人なのだ。

「父親は必要ない、ということかい？」

「はい。息子《むすこ》を必要としない人に、父親を求めても無駄《むだ》だから。もういいんです。義務は要《い》らないって、田中さんに伝えてください。高校も、別のところへ行くつもりだって」

田中と無関係になれば、夫人だって目をつり上げて郁海を排除《はいじょ》することもなくなるはずだ。加賀見に認知させるという平和的な排除を求めていたようだし、過激なことはしたくないと本人も言っていた。

きっとそう悪い人でもないんだろう。

「……君の希望は伝えよう。ただ、田中氏が承知するかどうかはまた別だよ」

郁海は曖昧《あいまい》に笑ってそれを受け流した。

だめだという理由なんてないはずだ。もともと義務で郁海を引き取ったのだから、それを果たさなくていいとなれば願ったりだろう。

神保は何やら物言いたげな様子だったが、結局は何も言わず、ひどく悲しげな顔をして帰っていった。

一人残された病室で、郁海は天井《てんじょう》を見つめながら、新たに知らされたことを考えていた。

加賀見が蓉子の異母弟かもしれない、なんて。

だとしたら優《やさ》しくしてくれたことも納得《なっとく》できる。否定はしていたが、やはり同じ境遇《きょうぐう》の郁海に同情していたのかもしれない。

本当はどう思われているんだろう。

恋なのか、同情なのか、それともどちらも嘘《うそ》なのか。

いくら考えても答えは見つからない。

「大嫌《だいきら》い……」

口癖《くちぐせ》のように言っていた言葉は、思えばずっと口にしていなかった。騙されたと知ったとき、とっさに言いはしたけれど、言ったそばから自分は嘘をついたと自覚した。

改めて口にして、やはり違うのだと実感した。

どうしても、嫌いになれない。

それが悔《くや》しくて、やるせなかった。

郁海の見舞《みま》い客は、そんなに多くはなかった。

神保が毎日顔を見せるのと、学校の友達が来てくれたくらいで、後はひたすら退屈《たいくつ》なものだった。

すぐに退院できると思っていたのに、今日でもう五日目だ。病気というわけでもない郁海は、暇《ひま》を持てあまして溜め息ばかりついていた。

時間がたっぷりあると、どうしても考えてしまうのだ。

気が付けばいつだって加賀見のことばかりで、壊《こわ》れた機械みたいに、ずっと同じことばかりを思い続けていた。

加賀見はどうしているんだろう。

別荘《べっそう》での生活を思い出すと、胸の内がふんわりとするような幸福感と、締《し》め付けられるような痛みを同時に覚えた。

悪い記憶《きおく》じゃなかった。加賀見と一緒《いっしょ》に過ごした時間は楽しかったし、幸せだった。

心細いときには近くにいてくれて、抱《だ》きしめてくれた。夜の病室で一人になったとき、スタンドの明かりをいっぱいに点《つ》けながら、それでも加賀見が側《そば》にいてくれたらと望んでしまう。

未練がましくて嫌《いや》になる。

眠《ねむ》るたびに加賀見の夢を見て、目を覚まして失望して、そんなことを繰《く》り返しているうちに、何だか眠るのが嫌になっていた。

おかげですっかり不眠症《ふみんしょう》だ。

だから朝だろうが昼だろうが、時間を問わず短い眠りを重ねてしまっている。今もその眠りから覚めたばかりだった。

また加賀見の夢を見ていた気がする。

おまけにキスまでされた。唇《くちびる》にも、そのときの感触《かんしょく》が残っている気がして、我ながら重症だと溜め息をついた。

(欲求不満かなぁ……)

もちろんそれは性的な意味だけではなくて、加賀見を求める心が、満たされていないという意味だった。

ごろんと寝返《ねがえ》りを打った郁海は、かすかに煙草《たばこ》の匂《にお》いを感じて眉《まゆ》をひそめた。

ここにそれがあるはずがないのに。病室で煙草を吸う者はいなかったし、客の中に喫煙者《きつえんしゃ》はいない。

(匂いにも、幻《まぼろし》ってあるのかな)

幻聴《げんちょう》とか幻覚があるんだから、匂いにあっても不思議ではない気がする。

大嫌いな煙草の匂い。けれど、それは加賀見を思い出させる匂いでもあった。嫌いだと言ってから、加賀見が郁海のいるところで煙草を吸ったことはなかったが、もちろん禁煙していたわけでもないようで、ふとした折りにその匂いに気づいたことが何度かあった。

嫌いで仕方ないはずなのに、懐《なつ》かしくて、もっと強く感じたくなる。

(女々《めめ》しいなぁ……)

大きな溜め息を病室に響《ひび》かせていると、ドアが軽くノックされた。

もうノックを聞いても期待はしなくなっていた。加賀見がここへ来るはずがないと、とっくに諦《あきら》めてしまったからだ。

「はい」

少し投げやりに返事をした。今はあまり人と話をしたくない気分で、それが声に出てしまったのだ。

静かにドアが開き、神保が顔を覗《のぞ》かせる。

郁海は上体を起こして、ぺこりと頭を下げた。

様子が違うのはすぐに気が付いた。神保はすぐに入って来ようとはせずに、自分の背後に視線を投げて、何やら合図を送っている。

訝《いぶか》りながら見つめていると、神保の脇《わき》をすり抜《ぬ》けるようにして、見知らぬ男が姿を現した。

五十歳くらいの、そう大柄《おおがら》ではない紳士《しんし》然とした男だ。頭に白いものがまじってはいるが、若い頃《ころ》はさぞかし女性関係も華《はな》やかだっただろうと思わせる整った顔立ちをしている。身綺麗《みぎれい》で堂々としたその様は、さほど威圧《いあつ》的ではないにも拘《かか》わらず、人を使う立場の人間だろうことを一目で納得させた。

直感的に、郁海はそれが誰《だれ》だかわかっていた。

男は黙《だま》って中に入ってきて、ドアを閉めた神保が続いた。男は迷いもせずにソファに座って、何を言うでもなくそこにいた。

郁海も固《かた》く口を噤《つぐ》んで、睨《にら》むようにして自分の手元を見つめた。

沈黙《ちんもく》を破ったのは、神保だった。

「郁海くん。こちらは田中弘氏だ。君のお父さんだよ」

わかっていることをわざわざ言うのは、そう言うことで郁海の心に訴《うった》えかけようとしているからだ。お父さん、という言葉に、反応するようにと。

だが郁海は顔を上げなかった。

三年も放《ほう》っておいたくせに、郁海が気持ちの中から田中を切り離《はな》そうとしていた矢先に会いに来るなんて、狡《ずる》いと思った。

頑《かたく》なに俯《うつむ》いていると、嘆息《たんそく》が聞こえた。

「ちょっと席を外してくれるか？」

初めて聞く実の父親の生の声は、思っていたよりずっと柔《やわ》らかかった。

電話だと、感情の見えないもっと硬《かた》い声だった。いかにも冷たそうな、高圧的な雰囲気《ふんいき》を纏《まと》って、人を物みたいに見ているんだろうと勝手に考えていた。

こんなのは意外すぎる。

神保は短い返事をして部屋を出ていった。

二人きりになると、田中はソファを離れてこちらに歩いてきたが、郁海は変わらず顔を上げなかった。

ベッドサイドの椅子《いす》に座るのが目の端《はし》に映る。

切り出したのは田中だった。

「よく顔を見せてくれないか」

こんなところで意地を張るほど子供じゃないと自分に言い聞かせ、郁海はずいぶんと緊張《きんちょう》しながらもゆっくり顔を上げた。

ふっと田中の目元が緩《ゆる》んだ。

「ああ、よく似ているね。君のお母さんに、そっくりだ」

ひどく懐かしそうに、何か大切なものを見るような目をした。

目の前にいる男と、会ったこともない母親の間に、どういった経緯《けいい》があって郁海が生まれたのかは知らない。今まで淡々《たんたん》と事実だけが語られるだけで、誰も教えてはくれなかったのだ。望まれたのか、そうでないのか、それすらわからなかった。

視線を合わせていることがたまらなく照れくさくなって郁海は目を逸《そ》らした。

「神保に聞いたよ。私と縁《えん》を切りたいんだって？」

そういう言い方をされると、何だか悪いことをしているような気分になる。わかっていて言っているのだとしたら、きっとこの男も相当に食えない。

どこか加賀見に似ていると思った。

質問されてもなお押し黙っていると、まるで切り札でも出すように田中は言った。

「加賀見にね、怒鳴《どな》られたよ」

「えっ……？」

急にその名前を出されて、心臓が跳《は》ね上がるほど動揺《どうよう》してしまった。思わず田中を見つめ、意味を問うようにじっと見つめた。

苦笑しながら、田中は続けた。

「こんなときになってもまだ郁海に会わない気か……とね。もともと言いたいことを言うやつだが、すごい剣幕《けんまく》だったな。あやうく殴《なぐ》られるところだった」

「あ……あの……加賀見さんに、会ったんですか？」

初めてまともに口を利《き》くと、田中は満足そうに目を細めた。

「そうだよ」

さらりと肯定《こうてい》されて、頭の中が混乱してくる。確か神保は連絡《れんらく》が取れないと言い、田中も知らないと答えた……と言っていたのだ。

誰が本当のことを言っているんだろうか……。

「加賀見は自分のことを何か話したか？」

「……いいえ」

「そう。あれは……家内の、腹違《はらちが》いの弟になる」

さして重要なことを口にした、という様子もなく田中は言った。それは先だって神保が噂《うわさ》として告げたことだった。

「認知はされていないが、援助《えんじょ》は受けていたそうだ。情が薄《うす》いんだか厚いんだか、義理堅いのか計算高いのか、私にもよくわからない男なんだが……」

田中はそこで一度口を閉ざし、じっと郁海を見つめてきた。まるで、「君はどう思うか」とでも問われているようだった。

何がどうなっているのだろうか。

前々から知っていたような言い方だし、少なくとも郁海が事故に遭《あ》ってから、田中は加賀見と話をしているらしい。

黙っていると、さらに田中は言った。

「事故に遭ったサービスエリアで、君は何かを聞いたんだろう？」

優《やさ》しく問いかけてくる男の真意がわからなかった。加賀見を疑っているのかもしれないし、別の意図があるのかもしれない。

だから何も言えなかった。

この期に及《およ》んで加賀見を庇《かば》おうとしている自分が滑稽《こっけい》だった。

郁海は慎重《しんちょう》に言葉を選びながら、問いを返した。

「加賀見さんは、今どこにいるんですか？」

「気になる？」

肯定する代わりに、黙っていた。

するとあっさりと彼は言う。

「謹慎《きんしん》中……というところかな」

「どうしてですか？」

「決まっているだろう。君にケガをさせたんだよ。そしてもう一つ、私と縁を切るように、君を唆《そそのか》した疑いもある」

慌《あわ》てて郁海は首を横に振《ふ》った。

「僕が勝手に飛び出したんです。それに、別に加賀見さんに何か言われたからじゃなくて、自分でそう思って……っ」

どちらも本当のことだった。加賀見を庇っているわけじゃない。

確かに彼は田中の元を離れるように言ったり、認知のことを口に出したりしたが、それはあくまで二人で一緒《いっしょ》に暮らすことが前提だった。今となっては、それが果たされるはずもなく、郁海は加賀見のこととは無関係に決意したのだ。

「私はね、ジョイフルという会社の社長をしているんだ」

唐突《とうとつ》に田中は切り出した。

よく聞く名前だった。何だろうと考えて、すぐにメロディと共に画像が浮《う》かんできた。テレビでよくみるコマーシャルだ。

「あ……」

「消費者金融《きんゆう》というやつだよ」

驚《おどろ》いて、声もなく田中を見つめてしまう。金持ちだろうとは思っていたが、そこまでとは思っていなかった。金融会社のジョイフルと言えば、街でもよく看板を見かけるし、コマーシャルソングを口ずさめるくらい、何度もテレビで見かける会社だ。

そして郁海は意識していなかったが、田中は企業《きぎょう》にありがちな雇《やと》われ社長ではなく、譲《ゆず》り受けたものとはいえオーナー社長の身であった。

郁海には、どうして急にそんなことを打ち明け始めたのかがわからない。実際に会ったから、もう隠《かく》さなくても……とでも思ったのだろうか。隠しておきたかった夫人にバレてしまって開き直っているのだろうか。

その疑問は、田中の言葉によって蹴散《けち》らされてしまった。

「認知をしたよ」

「……え？」

今度もいきなりだった。前置きも、話の繋《つな》がりもあったものではない。ただそう感じるのは郁海の側であって、田中としてはすべてがきちんと一本の線で繋がった流れなのだ。

「ようやく動ける状況《じようきよう》になってね」

「あ……あの……」

実感などまったく湧《わ》かなかった。

「晴れて戸籍《こせき》上でも親子になったし、私は君に会いにも来た。だから、出ていくことは許さないよ。行きたい高校があるのなら、頑張《がんば》りなさい。父親として編入には賛成だ。必要とあらば、保護者面談でも何でも出よう」

「え……」

「息子《むすこ》に捨てられたくはないのでね」

冗談《じょうだん》めかして笑うその人の顔を、郁海は半ば茫然《ぼうぜん》と見つめていた。

突然《とつぜん》のことに、まだ理解は及んでいなかった。いろいろなことを一度に考えなきゃいけない頭はとっくに飽和《ほうわ》状態で、田中が手を伸《の》ばして頭を撫《な》でるのすら、ぼんやりと受け止めていた。

「郁海」

自然にそう呼ばれ、びくっと身を竦《すく》めた。

それから大きな手が郁海の手を取って、確かめるようにして握《にぎ》りしめてきた。

「私は意気地《いくじ》のない男でね。加賀見も似たようなところはあるが、私のほうがだめな男だ。何しろ、息子を抱《だ》きしめてもやれなかった」

「……加賀見さんは……」

「今回のことは、私の指示だったんだ。家内が思い詰《つ》めていてね、放《ほう》っておけば、本当に君に危害を加えかねなかった」

サービスエリアでの夫人の言葉が思い出された。確かに追いつめられたような、不安定な声の響《ひび》きだったようにも思える。

「もう平気だってことですか……？」

「彼女が君のことで犯罪まがいの指示を出したのでね。その証拠《しょうこ》を握ったから、もうおとなしくしているしかないんだよ。家内と加賀見が話しているのを君も聞いたんだろう？」

「……あの、加賀見さんは……奥さんの手先じゃないってことですか……？」

郁海は一番聞きたかったことを口にした。

「とんでもない。家内の子飼《こが》いでもなければ、私の部下でもないよ。あれは、私と契約《けいやく》しているだけの、得体《えたい》の知れない男だ。ビジネスだから、契約している間は信用できるが、本心がどこにあるのかは知らない」

「でも、奥さんの異母弟だって……」

「だからといって、姉弟愛があるとは限らないだろう？　いろいろと複雑らしくてね。まぁ彼女は加賀見を信用していたようだし……加賀見もそれなりに情はあるようなんだが、そのあたりは私にはわからないな」

それを平気で裏切れる男だという意味だった。仕事ならば、自分を信用している腹違いの姉を欺《あざむ》くことも辞さないのだ。

何だか憂鬱《ゆううつ》になる話だ。加賀見が夫人の手先でないとわかったのに、少しも気分は軽くならなかった。

要するに、郁海への本格的な犯罪行為《こうい》を避《さ》けさせるために、とりあえずは加賀見が穏便《おんびん》な方法による役目を負って時間を稼《かせ》いだわけだ。そしてあわよくば証拠を握り、彼女の立場を揺《ゆ》るがそうとして。

結果が、これなのだ。田中は優位に立って、郁海を認知するという行動に出た。

「あれにも嫌《いや》な思いをさせてしまっている。悪いのは私だということくらいは、これでもわかっているんだがね」

「……勝手な人だなって……思います」

責めるつもりはなかったけれど、言わずにはいられなかった。

わがままな、子供みたいな男だと加賀見は言った。自分の今の立場も、妻も、そして会わずにいた息子さえ手放したくない男なのだ。

認知のことだって、状況が変わったということもあるだろうが、何よりも郁海が離《はな》れると宣言したことが効いているようだ。平気で十五年以上も放って置いたくせに、捨てられかけると慌てて追いかける。

会いに来たのだって、加賀見に怒《ど》鳴《な》られてのことだという。

身勝手で、そのくせ質《たち》の悪い優しさを持っているところは、加賀見とよく似ていた。

「そうだね」

怒《おこ》りもせずに田中は頷《うなず》いた。

だが郁海の意識はもう別のところへと向かっていた。

加賀見の行動は、理解できないことがいくつもあった。それは田中に聞いても無駄《むだ》だろうし、また聞けることでもない。

視線は自《おの》ずと遠くなった。

田中はそれから少し、当たり障《さわ》りのない話をし、やがて郁海の身体《からだ》を気遣《きづか》う言葉を残して帰っていった。

郁海は横になって、ぼんやりと窓の外を眺《なが》めた。窓枠《まどわく》で切り取られた空は、病室にいるのが悔《くや》しくなるほど澄《す》み渡《わた》って綺麗《きれい》だ。

別荘《べっそう》のリビングでも同じ空を見ていた気がする。ソファに横になって窓を見ると、ちょうどこんな空があった。

「……逃《に》げてるわけじゃなかったんだ……」

神保のしてくれた話しか知らなかったから、てっきり夫人との繋がりがバレて身を隠しているのだと思っていた。

田中からいろいろなことを聞いて、納得できた部分とそうでない部分が新たに生まれた。

夫人を欺いて、田中の指示によって動いていたならば、郁海に手を出したというのはどういうことだろう。

郁海を田中の庇護《ひご》下から追い出すためだというなら、加賀見が郁海を誑《たぶら》かすのはわかるとしても、最初から夫人をはめるためなら、本当に手を出す必要なんてない。むしろ田中サイドの人間としては失格である。

そう考えて思わず笑ってしまった。

加賀見も言っていたではないか。手を出したところで、郁海には言えないだろうと。

あんな場所で、他《ほか》に誰《だれ》もいなくて、それでたまたま郁海が加賀見の好みであったというだけの話じゃないだろうか。したかったから、した。不自然なところは何もない。郁海には理解できないが、そういう人間などいくらでもいるだろう。

一緒《いっしょ》に暮らそうとか、好きだとかいう言葉だって、加賀見の立場を考えたらできるわけがないのだ。

いくらかの好意と、同情と欲望。それだけあったら理由として十分という気がする。期待はしないように、郁海は最悪のことを考えた。そうすれば、それ以上のショックを受けることもない。

郁海は窓から視線を外して、誰も座っていない椅子《いす》を見つめた。

父親だという男が座っていた場所だ。

かなり緊張《きんちょう》したが、それは向こうも同じだったらしい。互《たが》いにひどくぎこちなくて、端《はた》から見たらさぞかし滑稽《こっけい》だっただろう。

会ったら文句を言おうと、ずっと思っていたのに、結局ほとんど何も言えなかった。

父親だなんて思っていないと、自分の親は養父母だけだと言ってやろうと思ってきたが、頭の端《はし》にもそれは過《よ》ぎらなかった。

まだ実感は湧《わ》かない。必要とされているとか、愛されているとかいう意識も持てない。わがままなあの人は、逃げそうになった息子という存在を慌《あわ》てて捕《つか》まえたに過ぎないのだから。

それでも会いに来てくれて、触《ふ》れてくれたことは嬉《うれ》しかった。あの瞬間《しゅんかん》に、頑《かたく》なに認めようとしなかった〈父親〉を受け入れてしまった気がする。

大きな手が温かかった。

けれども、今の郁海が一番望んでいるのは、もっと大きくて、優しいくせに残酷《ざんこく》な手だ。好きだと言って、優しく抱いておいて、会いにも来ない。ぬくもりを与《あた》えた手を離された郁海は、寒さにこんなに震《ふる》えているのに。

そのくせ田中には会いに行けと言った男だった。

嬉しかったはずの告白すら今は宙に浮《う》いたまま、郁海はそれを掴《つか》むこともできなかった。

9

退院の日に、病室まで郁海を迎《むか》えに現れた田中を見たときは唖然《あぜん》とし、同時に、恥《は》ずかしくなるほど動揺《どうよう》してしまった。

予告は受けていなかったし、そもそも認知をしたとか、保護者面談だとか言い出したところで、郁海はそれを口だけだろうと流していたのである。

一通りの挨拶《あいさつ》を済ませると、田中は後ろに秘書を従え、郁海の肩《かた》に手を置いたまま病院の長い廊下《ろうか》を歩きだした。

「……どうして来たんですか？」

口にしてから、しまったと思った。どうにもこれは可愛《かわい》くない言い方だ。来てくれた……と言うべきだったと後悔《こうかい》した。

だが田中は穏《おだ》やかに笑いながら言った。

「迷惑《めいわく》だったかな」

「そ……いうわけじゃ……」

「父性愛に目覚めたと言ったら、信じるかい？」

あまり真剣味《しんけんみ》はなかったが、無下に一蹴《いっしゅう》することもできず、郁海は微苦笑《びくしょう》を浮かべるだけで黙《だま》っていた。

病院の玄関《げんかん》前にはリムジンが停《と》まっていて、田中と郁海が連れ立って出ていくと、運転手がさっとドアを開けた。

それを見ている人が何人もいて、何だか恥ずかしい。

下を向いたまま車に乗り込むと、すぐに滑《すべ》るように動き出した。

「本当なら、家に連れて帰って一緒に住みたいところなんだが……家内をこれ以上、追いつめたくはないんでね」

「あ……はい」

一緒に住むなんて考えもしていなかったから、むしろ驚《おどろ》いてしまった。

もちろん郁海に異存などなかった。夫人と同居なんていうのは、郁海にとっても避《さ》けたい事態である。

「週に一度くらいは食事をしよう。食べたい物があれば、言いなさい」

目の前に、真新しい携帯《けいたい》電話が差しだされる。

「僕のですか？」

「そうだよ。番号は変わっていないから。それと、中に私の携帯番号を入れておいたから、何かあったら連絡《れんらく》をしてきなさい」

またも驚かされた。今までの距離《きょり》感とあまりに違《ちが》いすぎて、気恥ずかしくなってくる。出ていくと言った郁海に、焦《あせ》ってパフォーマンスをしているのかもしれないし、父性愛に目覚めたというのは本当なのかもしれない。

どちらにしても、戸惑《とまど》うばかりだ。

「……ありがとうございます」

「もう〈お目付役〉は要《い》らないね」

静かに宣言されて、郁海は携帯電話をぎゅっと握《にぎ》った。

郁海から加賀見に連絡を取るすべはなかったし、加賀見はもう郁海の〈お目付役〉ではなくなった。

二人の接点はもうどこにもないのだ。

そう思ったら自然に口が動いていた。

「加賀見さんの連絡先、教えてください」

「知ってどうするんだい？」

「話したいことがあるんです」

「出ていく算段なら、だめだよ。私はもう君の保護者だ。加賀見もやたらと君に入れ込んでいるようなんだが、無茶《むちゃ》をするようなら、法律に訴《うった》えないといけないね」

やんわりとした口調で、田中は穏やかでないことを言う。

知っているのかもしれない。加賀見と郁海の間に起きたことに気づいていて、それでいろいろな予防線を張ったのかもしれない。

「そんな権利、あるんですか……？」

「私は父親だよ」

「だって、生まれてすぐ僕のこと人に押しつけて、引き取ってからもずっと放《ほう》っておいて、何で今さら……っ」

「それでも、君は私のたった一人の子供なんだよ」

「だけどあなたの所有物じゃない……！」

もし誰《だれ》か一人のものになれと言われたら、郁海は迷わずその一人を選ぶだろう。

睨《にら》むように見つめる郁海を、田中は何も言わずに見つめ返した。その表情が困ったように見えたのは気のせいだろうか。

そのとき急に車体ががくんと揺《ゆ》れた。

急ブレーキを踏《ふ》んだ音が、遅《おく》れて郁海の耳に届く。あやうく前のシートの背に、身体《からだ》をぶつけてしまうところだった。

「どうした……？」

「それが……」

怪訝《けげん》そうな、そして咎《とが》めるような田中の声に運転手が戸惑いながら答えようとした。

前方を見やった郁海は、そのまま声もなく大きく目を瞠《みは》る。

田中の嘆息《たんそく》が、耳に届いた。

リムジンの少し前には、行く手を塞《ふさ》ぐようにして一台の乗用車がボディの横腹を見せて停まっていた。急ブレーキの原因である。

そして乗用車から下りてきた加賀見は、まっすぐにこちらへ向かって歩いてきた。

「まったく無茶をする……」

田中の声に、郁海は我に返った。

「あ、あのっ……」

加賀見の出方いかんでは法律に訴えると言ったばかりである。

おろおろしている間に、加賀見はサイドガラスに手をついた。色の付いたガラス越《ご》しに、会いたくて仕方なかった男の姿がある。

ガラス越しに見つめ合った。

それだけでもう、互《たが》いの気持ちが通じ合ったような、そんな気がした。

「社長、どういたしますか？」

場違いなほど冷静な秘書の声に、田中は溜《た》め息《いき》まじりに答える。

「ドアロックを外しなさい。このままだと、窓を破られそうだ」

途端《とたん》にロックが外れ、間髪を入れずに外からドアが開けられた。

「どうもご親切に」

田中に向かって皮肉を吐《は》きながら、加賀見は郁海の腕《うで》を摑《つか》んで引き寄せ、そのまま腕の中に抱《だ》き込んだ。

意図は明確だ。郁海を連れ去ろうというのだ。

そんなことをしたら、大変なことになる。加賀見が誘拐《ゆうかい》の罪で捕《つか》まるのは絶対に嫌《いや》だった。

なのに身体は動かない。腕の中の心地《ここち》よさに、全身から力が抜《ぬ》けきってしまった。

「だめだよっ」

何とか動く口で、郁海は抵抗《ていこう》した。

「うん？」

「誘拐になっちゃうじゃないですか……！」

「こういうのは拉致《らち》というんだ。そうですよね、社長。ああ、そうだ。一つ礼を言わないといけませんね。いろいろと妨害《ぼうがい》をしてくださってありがとうございました」

田中の大きな溜め息が聞こえた。

「効果はなかったようだね」

「実は一度、病室まで行ったことがありますよ。監視《かんし》の目をかいくぐってね。郁海くんは眠《ねむ》っていましたが……」

「え……？」

郁海は腕の中で目を瞠った。

あれは気のせいではなかったのだ。かすかに残る煙草《たばこ》の匂《にお》いは加賀見が残したもので、夢の中だと思っていたキスも本当のことだったのかもしれない。

じんわりと胸が熱くなった。

「君がそういう男だったとは、計算外だったね」

「私もです。そういうわけですから、可愛《かわい》い息子《むすこ》さんはいただいていきますよ。大事にしますから、ご心配なく。訴えるなり契約《けいやく》を破棄《はき》するなり、お好きにどうぞ。ただし後悔《こうかい》なさらない方法で」

加賀見は郁海の身体を抱き上げ、足でドアを閉めて自分の車へと戻《もど》っていく。

茫然《ぼうぜん》としつつも腕の中から見た田中の顔は、苦虫をかみ潰《つぶ》したように歪《ゆが》められていて、その中に諦《あきら》めを感じさせる気配が漂《ただよ》っていた。

助手席に下ろされた郁海は、シートベルトがはまる音を聞いて、ようやく加賀見の顔を見上げた。

「もう痛いところはないのか？」

「はい……」

顔を見ながら言うと、軽く唇《くちびる》を重ねられた。

「じゃあ、今日から拉致監禁《かんきん》だから、覚悟《かくご》しておきなさい。しばらくは帰してやらないぞ」

意味を悟《さと》って、カァッと頰《ほお》が熱くなる。

ドアが閉じられて、加賀見が運転席に収まって、エンジンをかけたままだった車は一度だけ短くクラクションを鳴らして走り出した。

郁海はちらりと背後を振《ふ》り返る。

父親の乗ったリムジンが、今ゆっくりと動き出したところだった。


広い部屋には、郁海の甘い声が響《ひび》いていた。

加賀見の知人が持っているというこの部屋は、ベイエリアの高層マンションの一室で、海外に行っている間は好きに使っていいと言われているそうだ。

もともとは三LDKだったものをワンルームに変えたらしく、ひたすら広い空間に、ほとんど物がない不思議な部屋だった。

加賀見は窓からレインボーブリッジが見えると言った。

しかしベッドから出られないでいる郁海は、まだそれを確認していない。

「あっ、ぁ……っん……！」

覚悟をしろと言われたからしたつもりだったけれど、実際は郁海の覚悟なんて甘すぎて話にならなかった。

また夜が来ていることを不思議に思うゆとりもなく、必死になって広い背中にしがみつき、揺さぶられるままに喘《あえ》ぐことしかできなかった。

　この部屋に来てからすぐに抱かれ、自分がいつ眠ったかもわからないうちに意識をなくしてしまい、目が覚めたら昼過ぎだった。何かもらって食べたことはぼんやりと覚えているが、いつの間にかまた眠っていて、次に起きたときには日が落ちていたのだ。

「加賀……見さ……っ」

　おかしくなりそうな快感の中から自分を救えるのは、現にこうして自分を追いつめている加賀見しかいないことを知っていた。

　目が潤《うる》んで、顔がはっきりと見えない。だからというわけでもないけれど、さっきよりも強くしがみついて、何度も何度も名前を呼んだ。

　緩《ゆる》やかに中をかき乱され続けて、身体はもうすっかり溶《と》けてしまっている。郁海は自分の身体が、以前と同じものでできていることが信じられなかった。加賀見によって、知らない間に何かもっと甘ったるい物質で作り替《か》えられてしまったんじゃないかと思えて仕方ない。バカげた考えだとわかっていても、思うことをやめられなかった。

「気持ち良さそうだな……」

　囁《ささや》く口元が笑っている。

「だ、だって……んっ……あっあああ！」

「私も、だけどね」

加賀見が耳元で囁いたとき、ふいに絶頂が訪れた。

悲鳴に近い声を放って、郁海は最後を迎《むか》える。身体の奥に放たれるものを断続的に受け止めて、郁海はぱたりと両腕をシーツの上に落とした。

身体がふわふわと宙に浮《う》いてしまったような、あるいは雲の上にでもいるような心地よさに包まれていた。

息が整うまでに、少し時間がかかる。

その間に加賀見は額やこめかみや頬にキスを繰《く》り返した。

覆《おお》い被《かぶ》さるようにして上にいる男の顔を見つめると、恥《は》ずかしくなるくらい優しく微笑《ほほえ》まれてしまった。

「何か……すごくだめになっちゃった感じ……」

目を逸《そ》らし、照れ隠《かく》しに呟《つぶや》いた。

「何が？」

「昨日から、してばっかりだから……」

不健全すぎて、後ろめたいほどである。快楽に溺《おぼ》れる……なんていう言葉が頭に浮かんでは、そのうちにかき消されるといった繰り返しだ。

「だめなのは私のほうだね」

「……そうかも」

責任の比重を加賀見に多く押しつけようとは思っていないが、十五歳と三十一歳なのだから、どうしたって自然にそうなる。

郁海は大きく息を吐《は》き出した。

ようやく落ち着いて話をする余裕《よゆう》ができた。昨日はもうそれどころではなくて、郁海は意味を成さない「声」ばかり上げていたのだ。

「あんなことしちゃって、大丈夫《だいじょうぶ》なんですか……？」

「心配しなくていい。悪いようにはならないよ」

どうやら何か根拠《こんきょ》があるようだった。あるいは田中の弱みでも握《にぎ》っているのかもしれない。

昨日の加賀見は田中に対して慇懃《いんぎん》無礼を絵に描《か》いたようだった。とても上司と部下という感じはしなかったし、そもそも見舞《みま》いにきたとき田中は怒鳴《どな》られただの殴《なぐ》られそうになっただの言っていた。

よくわからない立場の男である。

「これから、どうするんですか……？」

「漠然《ばくぜん》とした質問だね。これから、の範囲《はんい》が数日を指すんだったら決まっているよ。昨日や今日と一緒《いっしょ》、だ」

わかっているのに加賀見はわざとそんな言い方をしているのだ。

軽く身体《からだ》を揺《ゆ》らして、言葉の意味をわからせようとする。おかげで郁海は、まだ身体が繋《つな》がっているということを嫌というほど思い出してしまった。

「あっ……そ、そうじゃなくて、もっと後……んっ……ここ、出てから……」

するとと加賀見は目を細めてキスをしてきた。

「秘密だ」

「えー」

「教えて欲しかったら、好きって言ってごらん」

途端《とたん》にうっ、と郁海は黙《だま》り込んだ。冗談《じょうだん》めかして言っているが、実は本気で言わせたがっているらしい。

郁海は照れくさくなって、またふいと顔を背《そむ》けた。

深く追っては来ないところが好きでもあるし、ほんの少しだけ物足りなくもある。求められ続けたら、郁海は案外ぽろりと言ってしまうかもしれないのに。

もちろん、かもしれない……である。

視線を向けた先には大きな窓がある。今日は綺麗《きれい》な橋が見えるかなぁと思いながら、郁海はゆっくりと目を閉じた。

10

久しぶりの学校から帰ってきた郁海は、玄関《げんかん》の鍵《かぎ》を取りだしながら、エレベーターという箱の中から外へ出た。

一番奥にあるドアを目指して歩いていると、その一つ前の玄関が開いて、中から新しい隣人《りんじん》が姿を見せた。

「おかえり」

このタイミングの良さは偶然《ぐうぜん》ではなく、おそらく窓から郁海が帰ってくるのを見かけて、わざわざ出てきたのだろう。

「片づけ、終わったんですか？」

郁海はひょいと玄関から中を覗《のぞ》き込んだ。だからといって中の様子が見えるわけでもない。そういう造りでないことはわかっている。郁海の部屋とは対称《たいしょう》になっていて、玄関も大きくできていた。

「あらかたね。もともと荷物が少ないから大した作業じゃないんだ」

郁海はふーんと鼻を鳴らした。

近所に関心を持っていなかった郁海はまったく知らなかったのだが、隣《となり》はどうやら少し前から空き家だったらしい。どうやったものか、加賀見はちゃっかりそれを買ってしまい、すぐさま越《こ》してきたのである。

一体、彼が田中の元でどんな仕事をしているのか、郁海は知らされていない。蓉子夫人との詳《くわ》しい話も、異母姉弟《きょうだい》という以外、何も知らないままだったし、自分から聞く気もなかった。話していいことならばそのうち加賀見が自分で言うだろうし、話せないことであるなら、きっと知らないほうがいいのだ。

そう割り切るようにしている。

その加賀見が言うところの「拉致監禁《らちかんきん》」は結局五日で終わったわけだが、その間にいろいろと田中との間で駆《か》け引きがあったらしい。

らしい、としか郁海は知らされていないが、それについても深く知ろうとは思わなかった。

結論としては、田中と加賀見の雇用《こよう》関係はこれからも継続《けいぞく》する予定だそうだ。そして郁海の件は、とりあえずは見なかったことにしてくれるそうである。

加賀見が言うには、要するに郁海が出ていかずに田中の庇護《ひご》下にいて、父親の役目を果たさせてやればよいらしい。

何だかよく理解できなかった。

「郁海くんは、大丈夫か?」

「何がですか……?」

「身体」

端的《たんてき》に言われて、思わず赤くなってしまった。

「だ、大丈夫ですっ」

郁海は逃《に》げるようにして一番奥の玄関まで行って鍵を差し込んだ。カチリとロックが外れた頃《ころ》に、ゆっくりと加賀見が追いついてきた。

背中から抱《だ》きしめられた。

「やっ……」

まるで条件反射みたいに身体が熱くなってしまう。昨日までずっと愛されて、とろとろに溶《と》かされていたおかげで、こうして抱きしめられただけで身体がそれを思い出してしまう。

「誰《だれ》か来たらどうするんですかっ」

「見えるわけないだろう？」

笑いながら加賀見は玄関の中へと入った。

確かに一番奥なうえに、通路から少し入る形になっているのだから、奥まで覗きに来ない限り見えるはずもない。

郁海はやれやれと溜《た》め息《いき》をついた。

「加賀見さんのせいで、勉強遅《おく》れちゃったじゃないですか」

結局、一ヶ月ほど郁海は学校を休んだのである。そのうち別荘《べっそう》にいた時間はそれなりに自習をしていたし、入院中もクラスメイトが持ってきたコピーやプリントに向かっていたが、昨日までの五日間はそれどころじゃなかった。

高校生があんなことをしていていいのかと、溜め息をつきたくなるような毎日だった。今だって本当は、身体が怠《だる》くて仕方がないのだ。おかげで今日の体育は見学したが、先日まで入院していたこともあって、誰もが納得してくれた。

「責任取って教えてください」

「そうだな。悪いことばかり教えてるのも、何だしね」

「加賀見さんて……」

後に続く言葉は呑《の》み込んだ。わざわざ言うことでもなかった。五日間のうちに何度も言ったし、加賀見だって自覚しているらしいし、一度も服を着せてもらえなかったことでそれは証明されている。

まずいことをしている……などと言いながら結局やめなかった大人に、ほんの少し呆《あき》れてしまった。

「でも好きだろう？」

余裕のある顔が憎《にく》らしい。

郁海はまだ好きだと言っていないのに、すっかりそれを確信してしまった男は、何かにつけてからかっては反応を楽しんでいる。

何度も何度も、思い出したように好きだと言わせようとするのが、子供じみていると言えないこともないけれど。

背中から抱きすくめられて、郁海は身体の力を抜《ぬ》いた。

やはりここはどこよりも安心できる場所だった。

「郁海くん？」

促《うなが》され、結局またいつもの言葉を口にすることにした。意地を張るつもりはないが、言ったらもう完全に負けてしまうような気がしてしょうがないのだ。

「嫌《きら》いじゃ……ないです」

耳元で加賀見の笑い声が聞こえた。

あとがき

はじめまして、きたざわ尋子《じんこ》と申します。

ルビー文庫さまでは初めてのお仕事になります。ので、ちょっと……いや、かなり緊張《きんちょう》しております。

いつも、初めてのところでお仕事をするときはドキドキしてしまいます。肩《かた》に力が入りすぎることもしばしばで、それがカラカラと空回りしてしまうことも……。

そもそもプロットを見せるのがいまだに恥《は》ずかしいんです。原稿《げんこう》のほうがまだマシ。何でなのか、自分でもわからないんですけども。

あ、書き上がった直後の原稿は、別の意味でもかーなーりー恥ずかしい代物《しろもの》です。自慢《じまん》じゃありませんが、私はカナ打ちの上、キーボードのミスタッチが凄《すさ》まじいんです。しかも完全なブラインドタッチが出来ないんです！　中途半端《ちゅうとはんぱ》に画面を見たり手元を見たりしているので、結果として、とんでもない文字が打たれていくことに……。ときどき、後で見返して自分が何を打ったつもりなのかわかんないことすらあるほどで、笑っちゃったり脱力《だつりょく》したりすることも多いです。

この本ではないのですが、先日も「手首」って打ったつもりで、「て」が「ち」になってていて、こっ恥《ぱ》ずかしい事態に……（遠い目）。

いや、自分で気がついたからよかったんですけど、そんなみっともない間違《まちが》いを犯《おか》しつつ、何とか本は出来ていってます。

今回の本は、私の好きな年の差カップルです（またか！ と思った方、ごめんなさい。初めての方は読み流してください）。

何が楽しみって、そりゃもうイラストです！ 格好いい加賀見《かがみ》と、可愛《かわい》い郁海《いくみ》〜。

佐々成美《さっさなるみ》様の美しいイラストを再びつけていただける日が来ようとは思っていませんでした。嬉《うれ》しいです！ ありがとうございます！

このような機会をくださった担当様にも、大感謝です。

次回もまた、よろしくお願いいたします。

そしてここまで読んでくださった方、ありがとうございました。どうぞ次のときも読んでやってくださいねー。

きたざわ尋子

身勝手《みがつて》なくちづけ
きたざわ尋子《じんこ》

角川ルビー文庫 R80-1 12330

平成14年2月1日　初版発行
平成15年3月20日　6版発行

発行者――井上伸一郎
発行所――株式会社角川書店
東京都千代田区富士見2-13-3
電話/編集(03)3238-8697
営業(03)3238-8521
〒102-8177　振替00130-9-195208
印刷所――暁印刷　製本所――コオトブックライン
装幀者――鈴木洋介

ISBN4-04-446201-1　C0193　定価はカバーに明記してあります。

KADOKAWA RUBY BUNKO

角川ルビー文庫

いつも「ルビー文庫」を
ご愛読いただきありがとうございます。
今回の作品はいかがでしたか?
ぜひ、ご感想をお寄せください。

〈ファンレターのあて先〉

〒102-8177 東京都千代田区富士見2-13-3
角川書店 アニメ・コミック編集部気付
「きたざわ尋子先生」係